David Case
TERRORINSEL

David Case

TERRORINSEL

*Übersetzung aus dem Amerikanischen von
Andreas Schiffmann*

© 2011 by BLITZ-Verlag
© 2000 by David Case für DARK TERRORS 5, ed. by S. Jones & D. Sutton
Redaktion: Jörg Kaegelmann
Umschlaggestaltung und Satz: Mark Freier, München
Druck und Bindung: Bercker GmbH & Co. KG, Kevelaer
All rights reserved
www.BLITZ-Verlag.de
ISBN 978-3-89840-329-0

Prolog

Heute Morgen haben sie unten auf den Felsen wieder Verpflegung für mich hinterlassen. Bislang stand mir der Sinn aber noch nicht danach, das Zeug heraufzuschleppen, obwohl ich ihnen zum Dank Lichtzeichen gab und damit versicherte, dass ich wohlauf bin. Sie saßen zu dritt im Boot und wirkten immer noch verschreckt. Die gleichen Männer wie beim letzten Mal, wenn mich nicht alles täuscht. Als sie heraufschauten, brauchte ich sie gar nicht mit meiner Taschenlampe anzustrahlen, so weiß waren ihre Gesichter. Sie hatten das Ufer kaum erreicht, da wuchteten sie die Kisten schon aus dem Kahn. Eigentlich müssten sie mittlerweile wissen, dass ich nicht infiziert bin. Aber egal, ich bin froh, dass sie mich versorgen, denn sie könnten mich genauso im Stich lassen, wie sie es mit den anderen getan haben.

In den zwei Wochen, die ich nun schon hier im Leuchtturm hocke, bin ich richtig geschickt im Umgang mit der Lampe geworden und weiß mir auch auf die Signale der Schiffe einen Reim zu machen; am Anfang war mir das mit deren

Blinken zu flott gegangen. Gott sei Dank habe ich dieses Ding, denn anders könnte ich gar nicht kommunizieren. Der Kontakt zur Außenwelt beruhigt und sei es nur durch einen solchen Strahler. Wahrscheinlich kauft mir *das* hier ohnedies niemand ab. Ist mir auch gleich. Ob die von der Zeitung überhaupt wissen, wo ich bin? Womöglich haben sie schon versucht, sich mit mir in Verbindung zu setzen.

Was für eine Story! Und was für eine absurde Vorstellung, jetzt, da ich kein Reporter mehr bin, sondern – ja, wer bin ich eigentlich? Und was wird man mit mir anstellen, sobald der Rest von denen da unten tot ist? Lange kann es nicht mehr dauern, denn ich habe sie mit dem Fernglas beobachtet. Sie wirken zahmer, langsamer, schwächer, alle vollkommen abgemagert. Zuletzt haben sich drei über einen ihrer Verstorbenen hergemacht. Haben sie ihn selbst umgebracht? Sie könnten sich ja ihrer menschlichen Bedürfnisse entsonnen haben und – na ja, hungrig geworden sein. Andererseits benahmen sie sich nicht so und schenkten ihrem Festmahl auch keine größere Beachtung. Stattdessen rissen sie einfach das Fleisch von den Knochen und kauten halbherzig darauf herum, als erinnerten sie sich dunkel an erst vor Kurzem aufgegebene Gepflogenheiten.

Einige von ihnen lungern ständig unten an den Docks herum und halten Abstand vom Wasser. Sie fürchten sich davor, scheinen aber nach der Küstenwache Ausschau zu halten. Vielleicht haben sie auch die Inseln im Blick, die sich vage am Horizont abzeichnen. Von hier oben aus sehe ich die Keys ziemlich gut; wunderschön, diese Kette mit ihren Verbindungsbrücken. Vor etwas mehr als zwei Wochen habe ich sie noch selbst überquert. Das kommt mir inzwischen wie eine Ewigkeit vor, wenn ich darüber nachdenke. Und zum Denken habe ich hier ja genügend Zeit; nur ist die Erinnerung so widerwärtig, dass ich mich lieber der Zukunft zuwende.

Die Route 1 schlängelt sich von Fort Kent in Maine an der eisigen Grenze Kanadas die Ostküste hinab und hält die Keys zusammen wie Knorpel aus Beton die Wirbelsäule eines gelbroten Seeungeheuers. Ich nahm den Highway von New York aus und passierte die Brücken gemächlich am frühen Morgen nach einer Nacht in Miami. Auf der einen Seite sah ich die Bucht und auf der anderen die Florida Straits, als die

Tropenflora noch feucht vom Tau war. Ich hatte alle Zeit der Welt und ließ mir die Reise gefallen. Seit Jahren war ich nicht mehr auf den Keys gewesen. Der Fortschritt des Menschen hatte auch den Highway nicht unberührt gelassen, aber der befürchtete Neonlicht-Overkill blieb aus; am Morgen war eigentlich alles wie ehedem. Zwischen den Palmen sahen die Pelikane wie gefiederte Bumerangs aus, als sie sich am Ufer sammelten und ins Blau der Wasserstraße glitten. Die Sonne tauchte hinter den Vögeln aus dem Atlantik auf und beschrieb ihren Bogen hin zu den Dry Tortugas und nach Mexiko. Die Frühaufsteher unter den Anglern konnten mit ihren Ruten noch so geduldig auf den Brücken hocken, ihre Jagd würde nie so ertragreich ausfallen wie die der Pelikane. Ein Krabbenkutter schipperte auffällig mit seinem um den hohen Mast drapierten Netz auf gleicher Höhe zu mir die Küste entlang, und ein junges Paar fläzte sich mit Tauchgerät auf den hervorstehenden schwarzen Felsen. Die Turteltäubchen teilten sich eine Flasche Wein, wobei ihre Zähne weiß aufblitzten. Der Trip, dieser ganze Morgen war ein Traum. Ob die Chose letztlich eine gute Story abwarf, kratzte mich nicht die Spur. Ein Aufenthalt in Florida auf Verlagskosten war schließlich nicht übel, wie ich fand.

Wie falsch ich doch damit lag ...

Das *Mangrove Inn* war übers Wasser gebaut, die Terrasse dahinter auf Holzpfeilern errichtet worden. Dort ließ sich ein Tourist neben einem ausgestopften Hai fotografieren; das Tier sah ein wenig betreten aus. Nachdem ich den Wagen abgestellt hatte, ging ich in die Bar. Abgesehen von der Klimaanlage war das Interieur weitgehend traditionell gehalten. Mit Fischnetzen an den Wänden und zu Seesternen stilisierten Aschenbechern. Da ich früh dran war, rechnete ich noch nicht mit einem raschen Empfang, doch beim Eintreten erhob sich eine junge Frau aus einer dunklen Ecke und zog die Augenbrauen hoch.

„Mister Harland?"

Ich nickte. Ein hübsches Ding, wie sie so auf mich zukam, blond und im leichten Baumwollkleid. Das freundliche Lächeln passte zu ihren Augen.

„Mary Carlyle", stellte sie sich vor und gab mir die Hand. „Dr. Elston bat mich, Sie abzuholen."

„Sehr erfreut, doch ich hatte ihn persönlich erwartet."

„Ja, er hatte ... zu tun, nehme ich an. Da ich sowieso mit dem Boot übersetze, dachte er wohl, dass ich Sie mit nach Pelican bringen könnte."

„Geht in Ordnung", antwortete ich. „Was ist Pelican?"

Sie wirkte überrascht. „Das wissen Sie nicht?"

„Nein. Elston hat mir geschrieben, er wolle sich hier mit mir treffen. Ich sollte weder schreiben noch anrufen und, das hat er ausdrücklich betont, einfach nur pünktlich sein." Dieser Anweisung hatte ich präzise Folge geleistet. „Mein Blatt hielt ihn als Biochemiker eines Artikels für würdig, und ich war gerade für einen Abstecher auf die Keys zu haben. Allerdings geht mir diese Geheimnistuerei ein wenig auf die Nerven."

„Ach das! Auf Pelican ist *alles* streng geheim." Sie lächelte. Bemüht, wie mir schien, denn über ihr Gesicht war ein Schatten gefallen. Vielleicht in böser Vorahnung?

„Da könnten Sie recht haben, Miss Carlyle, denn sonst wüsste ich, was sich hinter dem Namen verbirgt."

„Pelican Cay ist eine Insel."

„Und dort steckt Elston?"

„Mmh."

Der Wirt schlenderte herbei und wischte mit einem Tuch über die Theke. Ich bot Mary einen Drink an. Sie war mir sofort sympathisch gewesen, und ich dachte, ein wenig plaudern könne nicht schaden. Ich war mir nicht sicher, wie viel sie über Elstons Gründe wusste, mich herzubestellen, aber in jedem Fall wusste sie mehr als ich. Umso brennender interessierte es mich, was hier vor sich ging. Wir gingen mit unseren Cocktails zurück zu ihrem Platz und setzten uns. Im Schatten war es angenehm kühl, und auf dem Tisch stand ein fünfarmiger Ascher.

„Sind Sie seine Assistentin?"

Sie lachte. „Sehe ich aus, als hätte ich etwas mit Giftmischen zu tun?"

„Eigentlich nicht."

„Da bin ich aber erleichtert. Ich wohne auf Pelican, wurde sogar dort geboren. Eine echte Conch. Als Einheimische wäre ich noch bis vor Kurzem nie auf die Idee gekommen, der Insel den Rücken zu kehren ..." Sie hielt inne.

Ich wollte sie weitersprechen lassen, aber sie schwieg.

„Was ist passiert?"

Sie zuckte mit den Schultern und nippte an ihrem Drink, wobei sie mich über den Rand ihres Glases hinweg nachdenklich betrachtete.

„Weshalb will Elston mich hier haben?"

„Mmh", brummte sie wieder.

„Ich weiß nicht, ob Sie einen Begriff von meinem Metier haben ..."

Sie sah mich erwartungsvoll an.

„Ich schreibe keine wissenschaftlichen Texte,

und offenbar ... Tja, ich finde es eben seltsam, dass Elston ausgerechnet mit mir reden will. Ist geradezu eigenartig, um ehrlich zu sein. Ein Biochemiker und ein Skandalreporter ..."

Wieder lachte Mary auf. „Elston wählte Sie wohl, weil Sie schweigen können."

„Kaum."

„Aber ja doch! Sie deckten den Warden-Skandal auf und riskierten dabei eine Gefängnisstrafe, indem Sie dem Untersuchungsausschuss Ihre Informationsquellen vorenthielten. Elston glaubt, dass er Ihnen trauen kann."

„Und Sie meinen, damit hat er recht?"

„Ganz bestimmt", entgegnete sie plötzlich ernst. Sie war offensichtlich nicht auf den Kopf gefallen, zierte sich aber, weshalb ich ihr anders beikommen musste.

„Wissen Sie, Mary, ich mache solche Investigativjobs nicht gerne."

Sie blinzelte verdutzt, und ich rang mir ein Grinsen ab.

„Ich wollte schon immer einen Roman schreiben." Ich erwähnte es, um vielleicht mehr von ihr zu erfahren. „Schon oft habe ich damit begonnen, obwohl der letzte Versuch schon länger zurückliegt. Zu sehr verstrickte ich mich in Plattitüden ... und Terminschwierigkeiten. Irgendwann bin ich dann den Weg des geringsten Widerstands gegangen und habe mich fortan darauf versteift, meine Nase in die Angelegenheiten anderer Menschen zu stecken. So hatte ich immer etwas zu schreiben. Das brachte mir einen gewissen Ruf ein, aber die Medien zeichnen ein Zerrbild der Wirklichkeit und erschaffen neue Wahrheiten, indem sie die Fakten verdrehen. Das gedruckte Wort dient der Masse als eine Art Streulinse, die ein falsches Licht auf die Dinge wirft. Eine Lüge kann noch so zum Himmel stinken und erhält urplötzlich den Anschein von Wahrheit. Im Gegenzug verschleiert man diese und bricht sie auf Klischees herunter, um dem Leser wohlbemessene Häppchen zu servieren."

Nun war es an mir, mit den Achseln zu zucken. Dabei schaute ich sie nicht an und spielte stattdessen mit dem Aschenbecher auf dem Tisch.

„So etwas hört man nicht oft von einem Zeitungsreporter."

„Ich heiße nicht Diogenes und suche mit meiner Lampe nach der Wahrheit, lege aber durchaus Wert auf Gewissheit, auch wenn jeder vielleicht etwas anderes darunter versteht. Dementsprechend erwarte ich auch, dass die Leute ehrlich zu mir sind." Ich schaute auf. „Mary?"

Sie erschien mir für einen Moment unsicher.

Schließlich beugte sie sich vor. „Gut, ich versuche es, Mister Harland ..."

„Jack", bot ich ihr an. „Ja, bitte! Tun Sie das."

„In Ordnung, Jack. Es war *meine* Idee, Ihnen zu schreiben. Ich habe Dr. Elston sozusagen mit ein paar Drinks und weiblichem Charme überredet. Er tat es am Ende aber freiwillig. Gezwungen habe ich ihn also nicht, auch wenn er von selbst nie darauf gekommen wäre. Was ich damit sagen will: Falls Elston einen Rückzieher macht, sind Sie womöglich vergeblich angereist."

„Dann wissen Sie sicher, worum genau es geht?"

„Nein." Jetzt hatte Mary die Hand am Ascher und schob ihn wie einen Stein beim Mühlespiel hin und her. „Er wollte mich nicht einweihen. Ich weiß nur, dass er gerade an einem Projekt arbeitet, hinter dem er eigentlich nicht steht. So viel ließ er mir gegenüber durchblicken, mehr nicht. Er war verstört ... vielleicht sogar mehr als das. Ich habe den Eindruck, dass er in irgendetwas Widerwärtiges hineingetappt ist. Man macht sich sein Wissen auf eine Art zunutze, die ihm nicht behagt." Mit heftigen Bewegungen beim Sprechen schien sie ihren Worten Nachdruck verleihen zu wollen. Mary war offenbar ein lebhaftes Mädchen, das die Dinge gerne beim Namen nannte. Immerhin hatte sie es fertiggebracht, mich auf die Keys zu bewegen.

„Dr. Elston ist ein wenig naiv. Der typisch weltfremde Wissenschaftler ohne Menschenkenntnis, dessen Meinung sich ständig wie die Farbe der Chemikalien ändert, mit denen er hantiert. Deshalb war es ein Leichtes, ihn zu dem Schreiben an Sie zu bewegen. Er hatte Angst davor, Sie heute hier zu treffen, Jack ... Angst, dass jemand *davon* Wind bekommt."

Ich wurde hellhörig.

„Oh nein, man setzt ihn nicht direkt unter Druck. Er fürchtet sich ... vor seinen Auftraggebern, der Arbeit selbst ... aber nicht vor mir, weil er wohl einfach jemandem vertrauen muss und ich nichts mit seinen Vorgesetzten zu tun habe. Einzelheiten bespricht er mit mir dennoch nicht."

„Sie fungieren also als Katalysator und lösen bestimmte Reaktionen aus?"

„Könnte man so sagen."

„Wer sind diese Auftraggeber?"

„Die Regierung. Agenten."

„Agenten? Welcher Art?"

„Keine Ahnung."

Ich schaute sie streng an, aber sie bestand darauf: „Wirklich ... ich weiß es nicht."

„So langsam wird es interessant."

„Wahrscheinlich verstärkt sich Ihr Eindruck noch, sobald Sie Folgendes hören: Diese Typen haben weite Teile von Pelican abgesperrt und überall Wachen aufgestellt." Sie sah gedankenverloren aus. „Gerade erst wurde doch dieses Gesetz gegen bakterielle Kriegsführung verabschiedet."

„Biowaffen?"

„Worum es sich auch immer handelt ... es muss aufhören! Elston will es so. Ich habe Ihren Namen ins Spiel gebracht, und weil er die Nachrichten nicht verfolgt und Sie nicht kennt, wies ich ihn auf die Warden-Affäre hin und machte ihm glaubhaft, wie Sie die Geschehnisse aufhalten können, indem Sie diese publik machen, ohne dass er selbst darunter leidet. So weit, so gut. Ich kann nicht versprechen, dass er sich nach allem, was passiert ist, noch mit Ihnen unterhalten möchte. Er ist ein Hasenfuß und könnte genauso gut den Schwanz einziehen. Nachdem er mir die Hintergründe so weit erklärt hatte, sah er ziemlich fertig aus. Ich gebe die Hoffnung aber nicht auf, dass er es durchzieht." Erneut ein Lächeln. „Ich handle im eigenen Interesse, wie Sie sich vorstellen können. Die Zerstörung der Insel ist mir zuwider. Pelican war ein Paradies, doch jetzt fühlt man sich wie im Knast. Stellen Sie sich vor, selbst meinen Lieblingsstrand haben sie umzäunt!" Sie wurde wieder ernst. „Was immer die dort anstellen, sie halten es mit allen Mitteln geheim. Seitdem die Agentur die Kontrolle übernommen hat, funktionieren dort keine Handys mehr, und alle ausgehenden Telefonate laufen über eine Schaltzentrale im Sperrgebiet. Ich bin dort zu Hause, Jack. Sie können sicher nachvollziehen, wie ich ... wie alle Bewohner sich fühlen. Ich arbeite nebenbei für die Küstenwache. Die betreibt ein Versorgungsdepot und nicht weit entfernt von der Küste einen Leuchtturm. Selbst *unsere* Verbindungen werden kontrolliert, und der Turm ist nur über Kabel von der Insel aus erreichbar. Kein Funkverkehr. Eine meiner Aufgaben besteht darin, mich mit dem Leuchtturmwärter auszutauschen ... Sam Jasper, redselig wie eine Talkshow."

„Hm, ein gesprächiger Leuchtturmwärter?"

„Das ist er, ständig ruft er an."

„Na ja, mit Ihnen zu reden ist auch ... interessant."

*

Auf der Barkasse, mit der sie trefflich umzugehen wusste, erzählte Mary mir mehr von Pelican Cay. Ich zog mein Shirt aus und ließ mir die

Gischt auf die Haut spritzen, während ich am Dollbord lehnte und ihr zuhörte. Die Insel, erklärte sie, sei nicht sehr groß und habe eine bewegte Geschichte. Im Grunde genommen gebe es hier nur eine größere Stadt, die sich wie eine Sichel entlang eines natürlichen Hafenbeckens erstreckte. Die ersten Bewohner seien Strandräuber gewesen, die sich an der Fracht auf Grund gelaufener Schiffe bereichert hätten. Oft seien Seeleute gegen nicht markierte Unterwasserfelsen gelotst worden. Mit diesen Verbrechen war es jedoch nach der Errichtung des Leuchtturms Mitte des 19. Jahrhunderts vorbei. Die Bevölkerung musste nun ihre Langfinger in der Zigarrenmanufaktur, in der Salzindustrie und beim Fischen anstrengen. Pelican Cay besaß lange Zeit den gleichen Status wie die übrigen Inseln, wurde aber von Touristen nach Fertigstellung des Overseas Highway zunehmend übergangen, da der Ausbau des Straßennetzes auch die Umgebung leichter zugänglich gemacht hatte. Ganz nach Marys Geschmack, denn ihr altes Heimatbild blieb vorerst erhalten. So lange, bis die Agentur auf den Plan trat.

„Das ist wohl auch der Grund dafür, warum genau diese Insel gewählt wurde", mutmaßte sie. „Pelican ist leicht überschaubar und lässt sich geschwind von der Außenwelt abschirmen und bewachen. Jeder Fremde fällt sofort auf. Gelegentlich verirren sich zwar Touristen zu uns, sorgen für etwas Abwechslung im Inselalltag, füllen die Kassen und, ganz wichtig, geben ein dankbares Publikum für die Einheimischen ab. Wir alle sind geborene Schauspieler." Sie schenkte mir mit inzwischen vertrauter Gestik ein weiteres Lächeln. „Krabbenfischer, Seebären, kubanische Flüchtlinge, Schmuggler im Ruhestand ... jeder markiert hier einen bestimmten Typ."

Mary ließ Pelican als lauschiges Fleckchen erscheinen, und ich konnte nachvollziehen, weshalb sie Störenfriede nicht duldete.

„Wo werde ich unterkommen?", fragte ich sie.

„Wir haben eine Pension, *The Red Walls*, die inzwischen als Kneipe fungiert. Für Sie ist aber ein Zimmer frei."

Ich nickte.

„*The Red Walls* ... rot wie das Blut, das an den Mauern klebte, solange die Schmuggler dort abgestiegen sind. Heute hocken Schiffsleute am Tresen, um Drinks zu bechern. Der Schuppen hat einiges hinter sich, aber das allein wäre ein abendfüllendes Thema. Lassen Sie sich die unappetitlichen Einzelheiten am besten von der Stammkundschaft erzählen. Aber Vorsicht: Man neigt zu Übertreibungen. Die Leute haben einen Ruf zu verteidigen, der zwar reichlich schlecht ist, sie aber stolz macht. Sehen Sie auf jeden Fall zu, dass Sie dort unterkommen. Ich gebe Dr. Elston Bescheid, dass Sie dort sind, in Ordnung?"

Ich stimmte zu.

„Vielleicht noch eins ..." Mehrere Spritzer Salzwasser perlten an ihrer Wange ab. „Sagen Sie niemandem, wer Sie sind! Geben Sie sich als Reisender aus, es muss niemand wissen, dass Sie Elston treffen wollen."

„Ich werde meine berühmte Diskretion spielen lassen", witzelte ich.

„Ich weiß nicht, ob man ..." Mary zögerte, brach ab und wechselte das Thema. „Da, der Leuchtturm." Sie zeigte in die Ferne.

Grau baute sich das Rund vor uns auf, dessen Fundament sanft von den Wellen umspielt wurde. Langsam erkannte ich auch die Silhouette der Insel. Da wir zügig unterwegs waren, wurde das Bild rasch deutlicher. Ich sah, dass der Turm ein wenig abseits stand.

Mary war meinen Blicken gefolgt und erklärte: „Er steht gewissermaßen frei im Meer, keine hundert Meter vom Strand entfernt. Allerdings kann man mit etwas Geschick bei Ebbe über ein Felsriff laufen, das zur Insel führt. Gemeinsam mit dem Leitungskabel für Jasper und mich", füg-

te sie verschmitzt hinzu. „Er hockt bestimmt schon auf glühenden Kohlen, schließlich konnte er heute Morgen mit niemandem plaudern."
„Würde ich auch vermissen."
Sie sah mich prüfend an.

*

Das also war Pelican Cay.
Die Insel strahlte hell wie sonnengebleichte Knochen, gegen die sich der pechschwarze Schattenfall bleischwer ausmachte. Das passte nicht so recht zueinander, denn es gab keine Graustufen zwischen Licht und Dunkelheit, als ob sich beides in unterschiedlichen Dimensionen abspielte. Genauso konnte man die Insel selbst auf zwei Ebenen betrachten. Einerseits als sonnenverwöhnte Traumoase, andererseits als barbarischen Ort, an dem Raubmörder unschuldige Schiffer zugrunde gerichtet hatten. Die Umzäunung betonte diese Brechung noch, ließ diese Dichotomie wie etwas Materielles stärker zutage treten. Möwen kreischten beim Sturzflug, und ich sah dabei die unglücklichen Seeleute von einst vor meinem geistigen Auge in der Brandung ersaufen. Die Hitze prallte auf meine Schultern, war geradezu greifbar. Trotzdem fröstelte ich.

Wir liefen in den Hafen ein, vorbei an Fischerbooten und einigen Kabinenkreuzern, während ein paar nackte Kinder vom Steg ins Wasser sprangen. Ich zählte mindestens drei Lokale am Ufer. Das Geschrei der Möwen war versiegt, und dem Plärren der Kinder haftete nun wirklich nichts Bedrohliches an. Meine miese Stimmung verflog.

Mary stoppte am für die Küstenwache reservierten Anlegeplatz und sprang an Land. Sie hatte sicher keine Probleme beim Überqueren des Riffs zum Leuchtturm. Ich warf meine Reisetasche ans Ufer und stakste vorsichtig aus dem Boot.

Während der Fahrt hatte Mary mir noch beiläufig mitgeteilt, dass sie mit dem Sheriff liiert war. Sie band die Leine mit einer fachkundigen Schleife, die für mich stark nach gordischem Knoten aussah, an den Poller. Ehe wir über den Steg weitergingen, zog ich mein Shirt wieder an. Ich verspürte bereits einen leichten Sonnenbrand im Anfangsstadium.

Der Hafenbereich – es gab sogar ein Zollbüro – war eingezäunt, dennoch kamen wir ungehindert auf die Straße, wo gleich zwei Strandwächter in strahlendem Weiß an uns vorbeigingen und in eine der Kneipen schauten. Sie wären wohl lieber hineingegangen, statt ihren Dienst zu schieben. Drinnen war es finster, aber heimelig im Vergleich zu den beklemmenden Schatten bei unserer Ankunft, da die Dunkelheit hier offenbar in mehreren Abstufungen auftrat. Mary führte mich an der Bucht entlang zur Pension. Der Großteil des Inselgewerbes spielte sich im Hafenviertel ab; wir gingen an einem auffälligen Schildkrötenkraal vorbei, passierten Läden mit Schiffsbedarf und einen kubanischen Zigarrendreher, dem man im Schaufenster bei der Arbeit zusehen konnte.

Einige Bars später stießen wir vor dem Gefängnis auf den Sheriff. Er war groß, hatte gepflegtes Haar und trug eine dunkle Fliegerbrille. Mit seinem markanten Kinn wirkte er schneidig wie ein Soldat. In der Hand hielt er einen breiten Cowboyhut in Weiß, den er, als er Mary sah, aufsetzte, damit er ihn zum Gruß wieder abnehmen konnte. Dazu schenkte er ihr ein strahlendes Lächeln, dem ein skeptischer Blick in meine Richtung folgte; wohl nicht nur aus beruflichem Interesse.

„Jerry, das ist Jack Harland. Jack ... Jerry Muldoon, Pelicans einziger Gesetzeshüter."

Nun war ich ihm offenbar weniger suspekt. Wir schüttelten einander die Hände. Die Pranke entsprach seinem kantigen Gesicht, das überraschend natürlich, ja fast ungezwungen freundlich lächeln konnte.

Mary kurbelte das Gespräch an. „Jerry weiß, warum Sie hier sind."

„Kannst von Glück reden, dass du hier bist, auch wenn ich nicht weiß, wo dein Schuh drückt, Kollege."

„Nett, dass das Gesetz mich zur Abwechslung einmal willkommen heißt." In der Vergangenheit war ich eigentlich ständig aufgefordert worden, meinen Hintern vor Sonnenuntergang in die Ferne zu verschieben. „Sie mögen diese ... Agentur auch nicht, oder?"

„Darauf kannst du einen lassen! Beschissene Ursumpfpastoren!"

Ich sah ihn fragend an.

„Ursumpfpastoren", wiederholte er, setzte seinen Hut wieder auf und zog sich die Krempe tief ins Gesicht, sodass er den Kopf in den Nacken werfen musste, um mir durch seine dunklen Gläser in die Augen zu schauen. „Jawohl, das sind sie. Haben mich einfach als Chef im Ring abgesetzt, wo ich doch das Sagen hatte, verdammte Kacke!"

Er nuschelte, als kaue er Tabak, aber dem war nicht so. Als er grinste und Mary kicherte, verstand ich: Er spielte hier den Klischee-Sheriff.

„Wo werden Sie wohnen?" Er hatte sein grobschlächtiges Gehabe abgelegt.

„Ich wollte Jack das *Red Walls* zeigen", antwortete Mary für mich.

Jerry lachte. „Dort werden Sie einiges zu hören bekommen, Jack. Die Alteingesessenen schwelgen gern in Nostalgie, auch wenn ihr Gedächtnis dabei nicht immer auf der Höhe ist. Alles ist aber nicht gelogen, denn soviel ich mitbekommen habe, war die Spelunke früher richtig übel. Mord und Totschlag. Vor ein, zwei Jahren wurden die Toiletten saniert. Beim Aufreißen des Bodens fanden die Klempner achtzehn leere Geldbörsen, derer sich Prostituierte und Diebe für gewöhnlich entledigten, nachdem sie jemanden links gemacht hatten. Heute ist es aber nicht mehr so krass; mir erzählt man, es gehe ruhiger zu, aber sicher bin ich mir nicht, weil ich mich ganz bestimmt niemals freiwillig dort blicken lassen würde."

„Mach Jack nicht scheu!", wies Mary ihn zurecht.

„Ach, Quatsch!", beschwichtigte Jerry. „Mister Harland kennt sich doch angeblich mit schweren Jungs aus. Wirst schon nicht kneifen, Alter, was? Obwohl ... das Gesindel hier ist womöglich doch eine ganz andere Nummer." Er kratzte sich an seinem Riesenkinn und schien zu grübeln. „Könntest vielleicht doch Schiss kriegen."

*

Die urwüchsige Mahagonikonstruktion des *Red Walls* sah aus, als würde sie jedem Wirbelsturm standhalten können, und hatte das in der Vergangenheit zweifellos schon oft bewiesen. In meinem Zimmer ließ es sich aushalten, da am Fenster so etwas wie eine Klimaanlage installiert war. Dass das Bad sich im Erdgeschoss befand, konnte ich verschmerzen, da ich der einzige Gast weit und breit war. Ich musste mich nicht einmal einschreiben und ging, nachdem ich kalt geduscht hatte, in frischen Klamotten zur Bar. Ich konnte erst einmal nur Däumchen drehen, bis Mary mit Dr. Elston persönlich gesprochen hatte. Das Telefon war ja nur eingeschränkt nutzbar.

Wirklich sehenswert, dieses Etablissement. Die Querbalken und Bögen an der Decke des großen Saales wären einer Kirche würdig gewesen. Zu meiner Enttäuschung sah man nichts von dem Blut, stattdessen konnte man die weiße Faltwand wie einen Vorhang öffnen, um den frischen Seewind hereinströmen zu lassen. Als ich eintrat, fiel das Sonnenlicht in Blöcken hindurch und zeichnete ein Gittermuster auf den Boden. Ich nahm auf einem Rohrhocker an der

Theke Platz, was den Wirt sichtlich freute, da seine übrige Klientel sich zu dieser Tageszeit noch mit Meeresgetier herumschlug, und orderte mir etwas mit Rum, das in einem hohen Glas kam. Der Wirt rückte nicht von der Theke ab und wartete offenbar ungeduldig, um mich mit Räuberpistolen über seinen Laden zu unterhalten. Mir war aber nicht nach Gerede, weil ich mir über Elston den Kopf zerbrach und darüber spekulierte, was er mir hoffentlich bald erzählen würde. Irgendwann gab ich dem mitleidigen Blick meines Gegenübers jedoch nach und ergriff aus purer Höflichkeit die Initiative: „Nichts los heute, oder?"

„Das wird schon noch ... später", versicherte er grinsend. „Lassen Sie die Schiffe erst einmal einlaufen. Früher brummte es hier noch richtig, glauben Sie mir. Ich könnte Geschichten erzählen ..."

„Bitte sehr, ich höre."

„... da rollen sich Ihnen die Fußnägel hoch. Jawohl, Sir, Sie haben die Ehre, an einem berühmten Ort zu verweilen. Ich weiß noch, wie ..."

Er schwafelte ohne Punkt und Komma, und ich hörte interessiert zu, ging auf ihn ein, wenn er mich ließ, und bestellte noch einen Drink. Der Mann wurde nicht müde, bis Elston endlich eintraf.

„... dreizehn Krabbenfänger vor meiner Nase, muss ungefähr zehn, fünfzehn Jahre her sein. Sie lehnten ganz locker am Tresen und schlürften ihr Feierabendbier, als plötzlich dieser Schwarze hereinstapfte. Er hatte eine Waffe dabei und verkündete kackfrech, das wäre jetzt ein Überfall. Die Jungs hatten ihm alle den Rücken zugekehrt und beachteten ihn nicht. Er fuchtelte mit der Wumme herum, wiederholte seine Drohung. Und jetzt, Sir, stellen Sie sich das vor, schauten sie einander kopfschüttelnd an, drehten sich seelenruhig um und zückten alle bis auf einen ihre Pistolen. Was der Typ dann getan hat? Nun, er steckte seine Knarre weg, meinte, dass er wohl an die Falschen geraten sei, und schmiss eine Lokalrunde. Ungelogen! Das waren noch Zeiten ..."

Der Mann kicherte versonnen und schien sich schon die Worte für seine nächste Anekdote zurechtzulegen, als ich ihn unterbrach, indem ich ihm mein Glas zum Nachfüllen zuschob. Elston stand noch in der Tür. Ich wusste anhand von Marys Beschreibungen, dass er es war. Ein Angsthase. Er hatte sich zur Seite in den Schatten begeben und ließ die Augen nervös im Raum kreisen. Ich grüßte locker mit der Hand, was er mit einem hektischen Nicken quittierte. Nachdem er noch einmal zur Tür hinausgeschaut hatte, trippelte er wie auf rohen Eiern herüber.

„Harland?" Er flüsterte fast.

„Ja, Sir. Sollen wir auf mein Zimmer gehen?"

Er zögerte kurz. „Wir bleiben besser hier, damit es wie eine ganz normale Verabredung zum Trinken aussieht ... wie man das halt so tut." Er wirkte auf mich nicht wie jemand, der sich zu Gesellschaftsabenden hinreißen lässt, aber ich ließ ihm seinen Willen.

Der Wirt registrierte indessen betrübt, dass ich einen neuen Gesprächspartner gefunden hatte. Er schob mir einen weiteren Drink zu und musterte Elston fragend, ohne dass dieser es mitbekam.

„Setzen wir uns an einen Tisch", schlug ich vor, und der Wirt machte sich unverhohlen mürrisch ans Gläserspülen. Elston folgte mir nur widerwillig.

„Worum geht es?", begann ich ohne Umschweife, nachdem ich mich an einem der hinteren Tische niedergelassen hatte.

„Sie werden meinen Namen nicht nennen?"

„Wenn Sie es so wünschen ..."

„Schwören Sie es?"

„Pfadfinderehrenwort ... was Sie wollen."

„Das alles hier ist nicht lustig, Harland. Ganz und gar nicht!"

„Sorry."

Endlich setzte er sich auch. „Ich weiß nicht, ob das eine gute Idee war. Mary hat mich überredet, aber ..." Er holte tief Luft. „Sie sollen aufdecken, was hier geschieht, ehe es weitere Kreise zieht. Das muss doch gegen irgendwelche Gesetze, Bakterienschutzbestimmungen oder Ähnliches verstoßen! Ich habe davon wenig Ahnung, aber allein der öffentliche Aufruhr ..."

„Ich bin kein Fachmann. Falls es sich also um etwas Wissenschaftliches handelt ..."

„Wissenschaftlich abscheulich. Ja, genau das ist es: *abscheulich!* Die Tierversuche waren bereits arg, aber nun, da sie sich auf Freiwillige eingeschossen haben ..." Er schüttelte sich und rollte mit den Augen. Sein Flüstern nahm in der leeren Bar einen kratzigen, richtig unheimlichen Ton an.

„Dr. Elston, wenn Sie diese Untersuchungen, oder was es auch immer sein mag, wirklich abbrechen möchten ... warum tun Sie es nicht einfach? Legen Sie Ihre Arbeit nieder."

„Dazu ist es viel zu spät!" Er wurde laut, schaute sich deswegen sofort erschrocken um. Der Wirt bekundete jedoch keinerlei Interesse an unserer Unterhaltung. „Ich habe die Grenze überschritten. Gott steh mir bei! Meine Assistenten könnten in dieser Phase auch ohne mich weitermachen. Assistenten, die ich mir übrigens nicht selbst ausgesucht habe. Ich bin mir auch nicht sicher ..." Seine Augen kreisten. „... ob ich mich überhaupt ausklinken darf. Ich habe verdammte Angst, Harland."

„Vor wem oder was?"

„Vor einer Agentur der Regierung, die keinen Namen trägt. Die Navy stellt Schiffe und Wachen zur Verfügung, doch über die mache ich mir weniger Gedanken. Die anderen in Zivil, das sind skrupellose Menschen, Harland. Hätten Sie gesehen, was ich ..." Sein Blick ging durch mich hindurch, während er offenbar alles im Kopf Revue passieren ließ. Er war zutiefst erschüttert, regelrecht verstört.

Ich empfand Mitleid. „Erzählen Sie mir davon?"

„Sie werden alle Einzelheiten erfahren, dürfen aber auf keinen Fall meinen Namen ins Spiel bringen, wenn Sie die Geschichte publik machen. Vielleicht genügt es, um dieser Teufelei ein Ende zu bereiten."

Ich nickte und kramte Block und Stift hervor. Elston biss sich auf die Unterlippe, legte eine Hand auf die schmierige Tischplatte und stotterte mit abgewandtem Blick los. „Angefangen hat es mit ein paar harmlosen Untersuchungen. Eigentlich wollte ich Geisteskrankheiten auf den

Grund gehen ... und nicht noch mehr Wahnsinn in die Welt setzen."

Während ich kritzelte und auf weitere Details wartete, schaute er sich immer wieder ängstlich um.

„Ich forschte im Bereich chemischer Lobotomie. Schon von Natur aus kein angenehmes Gebiet, aber in manchen Fällen muss man unheilbar Kranke eben ... unter Kontrolle bringen." Er sah mich an wie die Sorte Zauderer, die sich stets rückversichert, dass man ihr bloß nichts verübelt.

Mein Nicken sollte ihn zuversichtlich stimmen, denn dass ihm die Rechtfertigung wahre Schmerzen bereitete, beseitigte auch meine letzten Zweifel ihm gegenüber. Ich sah ihm an, wie er sich quälte. Er zog hier definitiv keine Show ab.

„Ich habe das nicht gewollt", fuhr er fort, ohne die Augen von mir abzulassen. Er schien meine Reaktion abzuwägen und nach dem kleinsten Anflug von Skepsis in meinem Gesichtsausdruck zu suchen. Ich ließ mir nichts anmerken und hatte bislang nur ein Wort notiert: Lobotomie. Das Hirn als Büchse der Pandora. Wer darin stocherte, beschwor das Unheil herauf.

„Reden Sie nur weiter", ermunterte ich ihn und zeigte etwas von der Anteilnahme, die er wahrscheinlich in meinen Zügen gesucht hatte.

„Meine Arbeit war diesen Regierungsleuten aufgefallen. Sie erkannten darin ein gewisses Potenzial, das mir nie in den Sinn gekommen wäre. Ich hätte nicht gewagt, so etwas ... nach allem, was ich herausgefunden hatte. Man speiste mich mit einem staatlichen Zuschuss ab und verfrachtete mich hierher, wo die notwendige Ausrüstung bereitstand ... und übereifrige Gehilfen. Ich stürzte mich wie gewöhnlich auf die Arbeit. Ich pflege kaum Freundschaften und verfüge generell über kein sonderlich ausgeprägtes Sozialleben. Mein Schaffen bedeutet mir alles, und ich war so naiv zu glauben, dass ich immer noch die Entscheidungsgewalt besaß, indem ich meine ursprünglichen Ziele verfolgte." Er lächelte verbittert. „Allmählich kam ich hinter ihre Machenschaften." Er machte wieder eine Pause und zuckte mehrmals mit der Wange, als prüfte er seine Worte im Mund, ehe er sie freiließ. Die Silben schienen ihm nicht zu schmecken. „Hätte ich sie bloß damals schon zurückgewiesen, als sie von meinem Wissen noch abhängig waren. Zu der Zeit wäre das Projekt ohne mich ... Ich habe es versäumt und sollte nicht darüber spekulieren, was wäre wenn." Er senkte den Kopf, und durch die permanente Unruhe in seinem

Gesicht sah es aus, als nagte er an seiner Brust. „Bedroht haben sie mich nicht, aber ständig etwas von russischen Verbrechern erzählt. Dabei waren *sie selbst* die eigentliche Gefahr. Und dann kamen die Freiwilligen."

Das war mir ein weiteres Stichwort wert, denn hinter Lobotomie hätte es nicht auf dem Papier stehen dürfen.

„Die Freiwilligen", fuhr er fort, „oder sprechen wir lieber von Menschen, die keine andere Wahl mehr hatten. Aber wer weiß, ob nicht jede Alternative besser gewesen wäre!" Er riss den Kopf abrupt hoch, da er mich bei dem nächsten Satz wohl direkt ansehen musste. „Es gibt Chemikalien, Harland, die auf die Seele einwirken und wie das schärfste Skalpell verheerenden Schaden im Hirn anrichten können. Die Verabreichung..." Er stockte wieder. „Also habe ich kaum Zeit zum Angeln, aber wie ich gehört habe, soll es recht schön hier sein. Ich hoffe, Sie genießen den Aufenthalt!"

Das warf mich aus der Bahn. Elston war plötzlich kreidebleich, rang nach Worten und versuchte irgendwie, in diesem Ambiente natürlich zu wirken. Er schnappte sich meinen Drink, kippte ihn und ließ mich verdutzt hocken, indem er mit einer Kopfbewegung zum Abschied an mir vorbeirauschte. Als ich mich umdrehte, sah ich einen Mann an der Theke. Elston hatte ihn zuerst bemerkt. Der Mann trug in der Bullenhitze einen dunklen Anzug mit Krawatte. Seine Nase zierte ein Kassengestell mit Metallrahmen. Die kurz geschorenen Haare betonten seine hagere Gestalt, aber er wirkte eher wie ein durchtrainierter Leistungssportler als jemand mit gravierendem Untergewicht. Er sah bemüht unbeteiligt aus der Wäsche, während die Sonne ihre Schatten als Gitter in den Raum warf und den Mann darin wie in einem Raster zeichnete; mehr mathematische Präzision als Mensch.

Im Vorbeigehen nickten sich beide zu, erst danach drehte sich der Wissenschaftler um und tat so, als habe er den neuen Gast gerade erst erkannt. „Ach, guten Tag, Larsen!"

„Doktor", grüßte Larsen.

„Ich kam hier vorbei und dachte, ich könnte einen Drink vertragen", log Elston und verabschiedete sich im gleichen Atemzug. Mit hochgezogenen Schultern stakste er weiter in Richtung Tür, als warte er jeden Moment auf eine Kugel im Kreuz. Er schaffte es hinaus und sah für einen kurzen Augenblick im Türrahmen zweidimensional aus, ein Scherenschnitt seiner selbst.

Nun waren nur noch der Wirt, Larsen und ich

im Raum. Ich steckte meinen Block in die Tasche, begab mich zur Theke und begann ein Gespräch. „Schön heute, was?"

„Hier ist es immer schön."

„Und heiß. In diesen Klamotten muss Ihnen doch die Brühe laufen."

„Es geht."

Larsen hatte ein Bier bestellt, das ihm der Wirt wortlos hinstellte. Larsen ließ sein Glas zunächst unberührt. „Machen Sie hier Urlaub?"

„Ja, zum Angeln."

„Aha. Haben Sie vor, länger zu bleiben?"

„Ein, zwei Tage."

„Mhm." Damit ließ er sich scheinbar abspeisen, doch dann drehte er sich mit seinem Glas um und starrte mich an. Ich fühlte mich wie unter einem Mikroskop. Mit stählernem Blick nahm er mich auseinander und schien alle Einzelheiten abzuspeichern. Gleichzeitig sog er mich wie ein Vakuum an.

Während er an seinem Bier nippte, trank ich den Rest von dem, was Elston übrig gelassen hatte. Larsen wandte sich auch jetzt nicht von mir ab. Er trank nur dieses eine Bier, zahlte und ging. Einen Teil von mir nahm er mit, etwas aus meinem tiefsten Inneren, dessen er eigentlich gar nicht hätte habhaft werden sollen. Er hatte mir ein Stück Seele gestohlen, es irgendwo katalogisiert und er würde es bei Bedarf hervorkramen, um es zu zerlegen.

Der Schweiß lief mir in Strömen. Die Hitze, doch eher die Angst vor Larsen tropfte mir aus den Poren.

Der Wirt machte ein wichtiges Gesicht. „Ist einer von denen hinterm Zaun. Wir kümmern uns nicht darum, was die dort tun. Ganz schön vermessen, sich hier einfach breitzumachen. Der Typ bei Ihnen hat Sie vorhin zugelabert, nicht wahr? Gehört der auch zu denen?"

„Ich kannte ihn nicht", behauptete ich.

„Wirklich? Bei dem munteren Geplapper dachte ich, Sie beide seien alte Kollegen. Manche Leute sind aber so drauf und erzählen Wildfremden direkt ihre Lebensgeschichte."

Er philosophierte weiter, während ich an Elston und Larsen dachte und darüber nachsann, was der eine mir erzählt und wie der andere mich eingeschüchtert hatte. Jetzt war ich wirklich heiß auf diese Geschichte ... und besorgt.

Obwohl der große Saal zuvor luftig und einladend gewirkt hatte, fühlte ich mich nun darin bedrängt. Larsen hatte ihm einen düsteren Anstrich gegeben. Die Sonne schraffierte den Boden weiter hell, und statt den Eindruck eines lichtdurchfluteten Tempels zu vermitteln, malte sie nun hässliche Rechteckmuster, die den Grabreihen eines Friedhofs ähnelten.

Ob Elston sich wieder melden würde? Vielleicht traute er sich nicht mehr, die Karten auf den Tisch zu legen. Falls doch, so musste zunächst Mary Carlyle wieder herhalten. Da ich womöglich länger als erwartet auf Pelican bleiben musste, brachte mich das auf einen Gedanken. Ich bat den Wirt, mich mit dem *Mangrove Inn* zu verbinden. Durch die Umleitung über die Schaltzentrale dauerte es zu seinem Argwohn etwas länger. Als ich das Gerät zur Hand nahm, war ich mir sicher, abgehört zu werden, doch für diesen Anruf ging das in Ordnung. Ich ließ den Hausherrn wissen, dass ich ihm noch etwas länger erhalten blieb. Er hatte keine Einwände, auch nicht gegen meinen Wagen auf seinem Parkplatz, und nahm an, ich sei zum Angeln da. Das durften er und die Mithörer gerne glauben. Der Wirt hatte ebenfalls gelauscht und empfahl mir nach dem Auflegen den billigsten Bootsverleih. Ich dankte ihm für den Rat und tat gut daran, ihn auch anzunehmen, um Stoff für meine vermeintliche Titelstory zu sammeln.

Andererseits hatte ich keine Lust zum Angeln und ärgerte mich darüber, dass Elston mich mit seiner Panik in Zugzwang gebracht hatte. Ich war nicht eben ein Held mit der Rute und hätte mich wohl beim Versuch, etwas zu fangen, als Laie bloßgestellt. Am Ende legte ich es mir so zurecht, dass der gewöhnliche Angler mehr Zeit beim Saufen verbrachte als am Wasser. Solange ich also in dieser Hinsicht nicht aus der Reihe tanzte, sollten die Bewohner den Köder im wahrsten Sinne des Wortes schlucken. Ich blieb also pflichtgetreu sitzen und bestellte noch einen Drink. Nach Larsens Harpunenblick hatte ich den auch bitter nötig.

Schließlich suchte ich mein Zimmer auf und machte mich lang, um mir meine kärgliche Mitschrift anzusehen. Viel gab sie nicht her, zumindest nichts Handfestes, aber die Worte allein waren widerlich genug. *Lobotomie* klingt übel und wird auch durch das Attribut *chemisch* nicht besser. Gewisse Patienten hätten dieser Einschätzung wohl beigepflichtet. Ich las, was ich geschrieben hatte, prägte mir die Wörter ein und riss die Seite mitsamt der beiden folgenden heraus, falls darauf ein Durchschlag zu erkennen gewesen wäre. Nachdem ich sie im Aschenbecher verbrannt hatte, ging ich zum Gemeinschaftsbad und überließ die Reste der Klospülung. Ich nahm die Sache todernst. Der Schock nach Larsens Auftritt steckte mir tief in den Knochen, denn im Gegensatz zu Elston mit seinem lückenhaften Gedächtnis war dieser Mann in

Schwarz scheinbar wirklich gefährlich. Er hatte eine Kälte ausgestrahlt, die nicht speziell auf offene Brutalität hindeutete, sondern vollkommene Gefühlsarmut erwarten ließ. Etwas wie Milde war Larsen offenbar vollkommen fremd. Seine Schlangenaugen hatten mich hypnotisiert. Falls er auf mich zugekommen wäre, hätte ich wie ein hilflos flatternder Vogel nicht fliehen können. Er hätte mich wie ein exotisches Insekt vom Hocker gepflückt und zum Studium meiner Innereien in einen Glaskasten gesperrt, Sehnen und Knochen voneinander getrennt, um selbst meinen letzten Instinkt und Gedankengang offenzulegen.

Ich schwitzte nach wie vor. Als ich aus dem Fenster schaute, fuhr gerade ein Mann im mittleren Alter langsam mit dem Rad vorbei. Ein Frotteeband umsäumte seine bereits ziemlich lichte Stirn. Während er sich so tief über die Lenkstange beugte, dass sich die Rippen unter seinem Trikot abzeichneten, trat er mit Adidas-Schuhen in die Pedale. Das Rad war mit mindestens zehn, wenn nicht sogar mehr Gängen bestückt – und das auf einer vollkommen platten Insel. Warum waren diese Drahtesel bloß immer so inflationär ausgestattet? Der Mensch hatte im Laufe der Evolution den Urschlamm hinter sich gelassen und aufrecht zu gehen gelernt, doch nun zwang das Gestänge eines Rennrades ihn erneut mit dem Gesicht in den Dreck, ohne dass er es merkte. Mir war gerade jegliche Milde der Menschheit gegenüber abhanden gekommen, eine Haltung, die mir ohne Zweifel Larsen eingebrannt hatte. Darwin war zu bedauern: Die industrielle Revolution hatte den Fortschritt ad absurdum geführt, da nun blasierte Athleten mit Erbsenhirnen älter als Dinosaurier werden konnten und vertrocknete Steuerberater sich zur dominanten Rasse aufschwangen. Millionen Jogger sollten auch weiterhin ihre Knochen knacken lassen, Eulenpisse der Marke Perrier saufen und noch mehr kleine Dauerläufer zeugen. So sah die Zukunft einer Welt aus, welche die Evolution zugunsten von Fitnesstrends abgeschafft hatte.

Eine Welt, auf der es Menschen wie Larsen gab.

Elston war vielleicht eine dieser Tränen, die alles ein wenig dramatisierten, doch Larsen hatte einen triftigen Grund, hier zu sein. Ich lag auf dem Bett und wartete, obwohl ich nicht damit rechnete, dass der Doktor allzu rasch einen zweiten Anlauf wagen würde. Mary Carlyle musste gewiss wieder Überzeugungsarbeit leisten.

Ich döste mich in einen Halbschlaf. Als ich

aufwachte, bildete ich mir kurz ein, dass die Wände vibrierten oder ächzten, als ob die Gewalttaten der Vergangenheit sich in ihnen manifestiert hätten und wiederholen mochten. Nachdem ich mich aufgerichtet hatte, ließ das Gefühl nach. Es war mein rasender Puls gewesen. Dabei hatte ich gar nichts Schlimmes geträumt. Ich holte tief Luft und kam mir in meiner Überspanntheit selbst lächerlich vor. Diese Insel und ihre unrühmliche Historie sowie der Hang der Leute zur Übertreibung setzten mir zu. Trotzdem war das, was hier vor sich ging, keineswegs übernatürlichen Ursprungs, sondern schlimmstenfalls unnatürlich.

Mein Herz schlug wieder ruhiger. Ich war hungrig und dachte an das Restaurant gegenüber.

*

Das *Fisherman's Café*, ein langer, schmaler Bau, an dem der Zahn der Zeit sichtbar genagt hatte, befand sich unterhalb des *Red Walls* auf der anderen Straßenseite. Es war nicht gerade nobel, aber eben in der Nähe. Beim Eintreten musste ich mich erst an die Dunkelheit gewöhnen, dann nahm ich am Tresen Platz, dessen Resopalverkleidung auch schon bessere Tage gesehen hatte. Die Bedienung, ein Kubaner, war so nett und servierte mir ein Sandwich mit starkem Kaffee aus einer abgenutzten Tasse. Außer mir gab es einen weiteren Gast am Ende der Theke, einen älteren Kerl mit wettergegerbter Haut, dem ein Auge fehlte. Er trug eine speckige Mütze und kam nach einer Weile herüber.

„Kommst gerade aus dem Blutbad, hab ich gesehen."

„Wie bitte? Was meinen Sie damit?"

Er zeigte aus dem Fenster. Sein Finger sah knorrig wie ein altes Tau aus, die ganze Hand schrundig von langen Jahren auf dem Meer. „Die Hütte dort meine ich."

„Ach, das *Red Walls*. Ja, ich wohne vorübergehend dort."

„So, so. *Blutbad* heißt es bei uns."

Ich grinste bei dem Gedanken, dass *Red Walls* dem Alten zu euphemistisch klang.

„Kein Vergleich mehr zu früher. Die Hölle war das, sag ich dir ... die Hölle."

„Man erzählt sich so einiges."

„Bist also kein Conch?" Ein prüfender Blick, seltsamerweise nicht mit dem intakten Auge.

„Nein."

„Dachte ich mir."

„Kaffee?"

„Nichts dagegen." Er setzte sich zu mir und

ließ sich von dem Kubaner eine Tasse zuschieben, die er dann mit seiner bemerkenswerten Pfote umschloss.

„Hab da mein Auge gelassen", nahm er den Faden wieder auf und starrte in die schwarze Brühe, als sei es dort hineingefallen wie ein Stück Zucker, weshalb er sich nun fragte, ob er umrühren solle. „Im Blutbad", betonte er, „oder *Red Walls*, wie du sagst, da hab ich es verloren. Hast doch gemerkt, dass mir eins fehlt, oder? Ist im Streit passiert."

Ich tat überrascht.

„Einer aus Kuba und ich; ging um ein Weibchen, du weißt schon. Ziemlich flott, aber nichts Besonderes, feine Stute einfach. Wölfin haben sie die alte Jenny genannt, und heulen konnte sie, sag ich dir … Ist schon tot, die Gute; weiß den Grund gar nicht mehr. Jedenfalls: Wir zwei, der aus Kuba und ich, sind mit Ausweidmessern aufeinander los. War aber nicht wie in den Filmen … nein, der Herr: ging rauf und runter in der Bar, dass die Fetzen flogen, Fleisch und Knochen. Hab ihm fett was von der Schulter abgewetzt. Dabei ist das Auge draufgegangen. Ich hing an seinen Sehnen fest und hab gezogen wie an einem Anker, siehst du? Er kriegte mein Auge, ich seine Schulter. Waren wohl quitt, aber danach nie mehr auf Kämpfchen aus. Er hat ja auch mehr gelitten. Ganz schön strammer Bursche, packte am Hafen mit an. Konnte er aber von da an vergessen, so mit dem kaputten Arm. Hat sich deswegen den Strick geholt."

Er schwenkte die Tasse, als schwappten diese Erinnerungen daraus nach oben.

„Hat er auch im Blutbad gemacht, stell dir vor. Konnte aber nicht anders, weil er die Krise wegen seiner Schulter hatte. So war es. Ist melancholisch geworden wie viele beim alten Castro, dann mit dem Strick in die Bar und auf Ansage … war viel los drinnen. Wollten ihn alle abhalten, aber zu spät. Nichts mehr mit umstimmen, und er so von wegen egal, ob ab in die Hölle dafür oder nicht, Strick über den Deckenbalken, Schlinge gemacht und sich reingehängt. Sah aber jeder, dass so nichts daraus werden würde, ganz klar." Er klappte die leere Augenhöhle beim Blinzeln zu wie einen Briefumschlag.

„Öde dich nicht an, oder?"

„Keineswegs", bekräftigte ich.

Zufrieden erzählte er weiter: „Hatten alle Mitleid mit ihm, weil seine Augen vorm Kopf standen und er auf Zehenspitzen. Ein Kumpel von ihm wollte helfen, denn er hat genickt, musst du wissen. Sah jedenfalls so aus, war aber schwer zu sagen … wegen der Schlinge und so. Drei, vier Jungs haben dann das Ende vom Strick gepackt, ihn hochgezogen und am Geländer festgemacht. Aus Messing war es. Ich meine das Geländer. Hat gezappelt, aber wir tranken weiter. Kann sein, dass er irgendwann noch die Meinung geändert hat, war aber leider schon tot, wie wir ihn abgeschnitten haben. Falls er doch vorher umgeschwenkt war ... übel, übel." Er kicherte beim Gedanken an die alten Tage. Wie in Runen stand diesem Mann seine Geschichte auf den Leib geritzt; Narben und Falten gaben ihm das Stückchen Ehre zurück, das er mit seinem Auge verloren hatte.

Er merkte, dass er mich beeindruckt hatte. „Sag, kriege ich Rum in den Kaffee?"

Er kriegte. Die Bedienung zog eine Flasche ohne Etikett hervor und kippte einen großzügigen Schwall in die Tasse. Daraufhin nahm der Alte einen tiefen Zug. Seine Geschichte war wesentlich spannender als die des Wirts. Ich wollte mehr davon hören.

„Heutzutage geschieht so etwas nicht mehr sonderlich oft, nicht wahr?"

„Nein, nicht im Blutbad." Und nach einem weiteren blinden Zwinkern: „Komische Sachen passieren trotzdem ... vielleicht sogar komischere als damals. Nichts Normales." Dann schaute er sich den Inhalt seiner Tasse mit dem gesunden Auge an. Ich gab dem Kubaner ein Zeichen, noch einen Schluck auszuschenken. Mein Gesprächspartner hatte nun mehr Rum als Kaffee vor sich und stierte konzentriert vor sich hin. Er haderte mit etwas. „Kämpfen und Aufhängen ist ja noch normal, aber letztens hab ich was gesehen morgens ... war echt anders ..." Er verfiel in ein Murmeln, woraus ich entnahm, dass ich ihm einen Anreiz zum Weiterreden geben musste. Eigentlich hatte er durchaus seinen Stolz und wollte sich mit Worten für den Rum erkenntlich zeigen.

Ich hielt ihn also bei der Stange. „Was genau war es?"

Er reagierte zuerst nicht, da er angestrengt nachdachte. Entweder ließ ihn seine Erinnerung im Stich, oder er wusste nicht, wie er sich ausdrücken sollte. Schließlich hob er den Kopf. „Sag, du hast doch nichts mit denen von der Regierung hier zu tun, oder?"

„Nein, ich bin bloß ..." Ich zögerte. Eigentlich wollte ich ihm die Touristengeschichte auftischen, brachte es aber nicht übers Herz, einen alten Seebären zu belügen. „Nein, habe ich nicht."

„Siehst auch nicht aus wie diese Affen. Wollte nur sicher sein. Die Leute erzählen ja Sachen ... alles abgeschirmt hinter dem Zaun", fügte er hinzu. Diese Unsicherheit passte nicht zu seinem Wesen. Aus irgendeinem Grund hielt er sich bedeckt, bis seine ehrliche Haut die Oberhand zurückgewann und ihn singen ließ. „Hab ein Boot", holte er aus, „um nebenbei etwas zu verdienen. Gibt eine kleine Bucht auf der anderen Inselseite, wo man heimlich landen konnte, aber jetzt nicht mehr; haben mir gesagt, ich soll mich verziehen, egal was auf meinem Kahn ist. Hat also nichts mit Zoll oder so zu tun. Da ist es halt vor ungefähr drei Wochen passiert, als sie mich verjagt haben. Musste aber noch einmal zurück, weil … hab Kisten da vergessen. Fand besser niemand, auch wenn nichts Schlimmes drin war, keine Drogen oder so … nur Schmuggelkram von den anderen Inseln. Ich also zurück mit der Jolle, ganz unauffällig, und keiner hat was gemerkt. Am Strand hab ich die Kisten ausgegraben und bin noch zum Zaun hin, weil ich halt schon da war. Ziemlich dicker Draht war das! Die Sonne kam gerade erst hoch, alles war noch grau und ich sicher im Dunkeln. Da hab ich das komische Ding gesehen."

Ich saß wie auf glühenden Kohlen und ließ mir ebenfalls etwas Rum in meinen Kaffee gießen.

„Glaub es oder nicht, was ich dir sag", fuhr er fort. „Erst aber mein Name: Tate. John Tate. Einäugiger nennen sie mich auch, aber egal. Geh nur und frag alle nach John Tate. Wirst hören, ich bin kein Lügner, auch wenn ich viel schwatze. Hat aber alles Hand und Fuß. Frag nur nach, denn ich glaub das hier selber nicht. Hab es zwar gesehen, aber na ja ... verstehst du?"

Ich nickte. Ich hatte noch nicht von meinem Sandwich abgebissen. Der Kubaner erledigte am anderen Ende des Tresens den Abwasch, während Tate eine Zigarette der zerknitterten Packung entnahm, die er aus seiner Tasche gezogen hatte. Etwas Tabak rieselte vorne aus dem angeknacksten Stängel.

„Ich wie gesagt im Schatten vor dem Zaun, bis auf einmal ein paar von den Affen aus dem großen Bau kamen, ihrem Labor oder so. Wollte gerade eine rauchen, aber das Streichholz war zum Glück noch nicht an; die hätten mich sonst gesehen." Er zündete die brüchige Zigarette an, als sei sie ein Indiz für den Wahrheitsgehalt seiner Aussage. Blauer Dunst umnebelte seine leere Augenhöhle. „Ein halbes Dutzend, Weißkittel, Doktoren, Wissenschaftler oder so ... und drei mit was Schwarzem. Kannst sie manchmal in der Stadt sehen; mag sie nicht, diese Typen. Aber der sechste, der war anders, auch weiß angezogen, aber als Patient und nicht als Arzt. Der hat ausgesehen ... unnormal, fast wie ein Roboter, wie ein lebender Toter oder die Zombies da unten aus Haiti oder Jamaika. Ein Affe eben, verstehst du? Leere Visage, weiße Augäpfel und Schaum vorm Mund; ging ganz steif, ohne die Gelenke zu bewegen. War sicher ganz schlecht dran. Wunderte mich, weswegen die in aller Früh mit ihm zum Strand wollten."

Er rutschte unruhig mit der Tasse in der einen und der Zigarette in der anderen Hand auf seinem Hocker hin und her, da er offenbar nicht wusste, was er zuerst zum Mund führen sollte. Die Entscheidung schien ihm einiges zu bedeuten, wie ich aus seiner Nervosität schließen konnte.

„Ich blieb dabei und hielt das Auge auf." Er sprach nun gemächlicher. „Sie standen vor einem großen Betonblock, wirklich groß, das Teil, eckig, mit einem Eisenring oben dran. Was muss der gewogen haben? Bestimmt mehr als eine Tonne. Na ja, sie stellten sich drum herum auf, und einer von denen im Anzug zog fest an dem Ring. Dürres Kerlchen zwar, aber nicht ohne. Nur der Block, der hat sich nicht bewegt, zu schwer."

Nun setzte Tate die Tasse ganz langsam an, als sei auch sie zu schwer. Beim Schlürfen traten die Adern an seinem Unterarm hervor, der leicht zitterte. „Der im Anzug nickte. Hat es wohl so erwartet."

Ich erwartete nun auch so einiges, während er nickte, die Tasse absetzte und an seinem Glimmstängel zog. Er überzeichnete die Bewegungen, als würden sie über ein Hebelsystem in seinem schmächtigen Brustkorb gesteuert. Die Glieder hoben und senkten sich analog zueinander. Er funktionierte wie ein Uhrwerk, damit auch seine Story im richtigen Tempo voranging.

„Dann sagte einer von den Doktoren zu dem Kranken: *Heb hoch!* Der hat dann, ohne zu maulen, sofort gehorcht. Meine Rede war ja: Den Block packt kein Mensch! Hättest du auch gemerkt. Der kranke Kerl hat es aber probiert, einfach einen Schritt gemacht, den Ring mit der rechten Hand gepackt und gezogen. Sah ganz einfach aus, wie bei einer Tasche. Hat sich gar nicht richtig hingestellt oder Luft geholt, nur *hau ruck!*, schon lustig, aber doch eigenartig irgendwie. Ist ja auch Nebel aufgestiegen um sie herum, dann der graue Himmel … sahen schon gruselig aus in ihrem Kreis. Hätten den Block genauso gut anbeten können oder so, aber der Kerl wollte ihn einfach hochheben."

Tate nahm seine Tasse, stellte sie aber wieder ab. Seine ledrige Gesichtshaut spannte sich, als würde er an die Anstrengung beim Zerren an dem Block denken. „Echt, der hat nicht einmal mit der Wimper gezuckt und blieb ganz ohne Ausdruck ... obwohl ... Ich hörte seine Knochen knirschen. War halt zu heftig, aber er meinte es zu packen. Wollte nichts davon wissen, dass kein Mensch das konnte. Sah auch nicht stark aus, der Kerl, und die anderen guckten nur zu, wie er sich abgeplagt hat. Kein bisschen hat sich das Ding bewegt, wenn ich es dir sage. Der Doktor meinte dann wieder: *Heb hoch!*, und der Typ hat gezogen wie verrückt. Dann wurde es richtig seltsam." Er knallte den Rest Kaffee auf den Tisch, als habe er genug davon. Der Kubaner sah auf; ich hörte, wie seine Hände sich im Spülwasser bewegten.

„Nicht zu glauben, hätte ich es nicht selber gesehen. Ich war früher Fischer und hab stundenlang mit den dicken Brocken gekämpft, konnte es mit jedem Mann aufnehmen. Ich weiß also, wann auch der Stärkste die Waffen strecken muss. Nur der Kerl war verrückt. Auf einmal krachte es, wie wenn ein Baum beim Sturm umknickt, richtig heftig ..." Die Lautmalerei gefiel ihm augenscheinlich besser als das Bild, das er bei diesen Worten im Kopf hatte. Er wiederholte sie dennoch: „Gekracht hat es ... und sein Arm war durch!"

Tate zog eine Fratze und schüttelte sich ein wenig. „Der Knochen ist am Ellbogen herausgekommen; das war genau die Bruchstelle." Er fasste sich selbst ans Gelenk. „Blut ist auf das Betonding gespritzt, aber er hat es weiter versucht. Der Arm war hin, richtig kaputt und mit dem Knochen draußen ... trotzdem zog er weiter!"

Er sah mich kurz an, schüttelte den Kopf und senkte ihn wieder. Ich ertappte mich dabei, wie ich mir selbst den Arm festhielt und daran rieb. Er tat weh oder juckte zumindest, da ich an den furchtbaren Schmerz dachte. Ich stellte mir den Betonklotz als bluttriefenden Opferaltar vor und konnte die Hand nicht von meinem Ellbogen nehmen; sie schien dort festzukleben. Als es mir schließlich doch gelang, machte der Kraftakt sich an den Wirbeln bemerkbar. Tates Bericht packte mich am Rückgrat wie der Beschriebene den Eisenring und rüttelte mich auf.

„Nicht schlimm, wenn du es mir nicht abkaufst, aber ich hab es gesehen. Der verzog immer noch keine Miene, hat also nichts gespürt und mühte sich weiter mit dem Mordsgewicht ab. Mir wurde schlecht. Bist der erste Mann, dem ich das erzähle, weil ... ich hatte ja nichts verloren dort und war vielleicht selber nicht ganz richtig im Kopf. So ist es aber passiert. Noch mal: ist nicht schlimm, zweifel ja auch daran. Aber das Problem ist, dass ich es so gesehen hab."

„Ich sagte bereits, dass ich Ihnen glaube, Tate."

„Echt?" Das freute ihn anscheinend.

„Könnten Sie sich vorstellen, mich an diesen Ort zu führen?"

Davon war er jedoch weniger begeistert. Er leerte die Tasse, ich ließ nachfüllen. Die Unterarme der Bedienung waren beim Einschenken noch ganz schmierig vom Spülmittel.

Der Rum beruhigte Tate nicht. „Glaub nicht, dass ich mich das traue."

Ich wollte ihn nicht zwingen, zahlte und ging, ohne das Sandwich angerührt zu haben. Elston ließ nichts mehr von sich hören, also legte ich mich früh aufs Ohr. Ich schlief unruhig.

Am Strand hatte alles angefangen. Raubmörder hatten die Insel zuerst bevölkert und zur Siedlung ausgebaut, indem sie unschuldige Schiffe mit Lichtzeichen auf Felsriffe lockten und die Besatzung niedermetzelten, falls diese nicht vorher in der Brandung ertrunken war. Als Sadisten konnte man diese Menschen nicht bezeichnen, denn sie waren nicht skrupellos um ihrer selbst willen, sondern weil sie sich so am Leben hielten.

Und heute ist es wieder der Strand. Knochensplitter eines gebrochenen Armes und offene

Schädel, trügerische Lichtzeichen, wie Larsens Augen sie ausstrahlten, Blendwerke der Wissenschaft.

Wie gesagt: ich schlief unruhig ...

*

Der leichte Wolkenschleier nahm der Sonne nichts von ihrer Strahlkraft. Es war zehn Uhr morgens, als ich den Kiesstrand südlich der Stadt abging, um mir einen Überblick über die Sperrzone zu verschaffen oder wenigstens den Zaun in Gewahr zu nehmen. Da Elston sich weiterhin in Schweigen hüllte, wollte ich meine Zeit sinnvoll nutzen, statt mich von jemandem abhängig zu machen, der sich vielleicht ohnehin nicht mehr meldete. Der Betreiber des *Red Walls* hatte die ungefähre Größe des Gebiets mit dem Zeigefinger in einer Bierlache für mich umrissen. Demnach musste ich jeden Moment auf die Absperrung stoßen. Zu gerne hätte ich die Bucht und den unbeweglichen Klotz auf der Nordseite gesehen, doch dazu brauchte man ein Boot. Im Augenblick hätte ich dort aber wahrscheinlich sowieso nichts gefunden, bis auf den Betonblock, dessen Bild sich gleichwohl nach Tates Erörterungen eingeprägt hatte. Er war ein hervorragender Geschichtenerzähler und hatte mir die Szene jener Versammlung im Morgengrauen anschaulich gemacht. Ich hörte den Arm brechen und erinnerte mich dabei an Elstons kratzige Stimme. Während ich beides verglich, fiel mir Larsen ein, dessen Augen hinter den Brillengläsern viel größer gewirkt und mich eindringlich angestarrt hatten.

Auf dem höchsten Aussichtspunkt der Insel, der nicht wirklich hoch lag, stolperte ich über Ablagerungen aus Kalkstein. Ich nutzte den Augenblick, um meine Pfeife zu stopfen. Dabei schaute ich hinaus aufs Meer; im klaren Wasser sah ich ungefähr acht Fuß tief bis auf den Grund, doch weiter draußen ergossen die Wellen sich grün über ein Korallenriff. Von meiner Position aus schien der Leuchtturm zur Insel zu gehören, da die Landschaft einen Buckel machte und dadurch die Sicht auf das Wasser dazwischen nicht preisgab. Möwen umschwirrten den grauen Turm, der sein regelmäßiges Signal aussandte. In der prallen Sonne nahm man es kaum wahr, was die Frage aufwarf, weshalb Sam Jasper das Licht überhaupt am Tag einschaltete. Entweder war es Vorschrift, oder er hatte schlicht vergessen, es abzustellen. Ich blieb eine Weile auf dem Kalk hocken und dachte beim Paffen nach. Da der Tabak mir in der Hitze nicht schmeckte, klopfte ich die Pfeife schließlich aus und ging weiter. Nach kurzer Zeit stand ich vor dem hohen Metallzaun, der bis zum Wasser reichte. An ein Weiterkommen war folglich nicht zu denken. Dahinter, so wusste ich, befand sich Marys Lieblingsstrand, den sie nun nicht mehr sehen durfte.

Ich musste lachen, als mir ein Loch in den Maschen auffiel. Angesichts all der Sicherheitsvorkehrungen, der abgehörten Telefone und die ganze Geheimniskrämerei wirkte dieser Lapsus vollkommen stümperhaft. Der Draht war gekappt und nach hinten gebogen worden. Ich hätte ohne Weiteres durchschlüpfen können und war auch einen Moment lang versucht, es zu tun, endlich die Sperrzone zu betreten und zu sehen, was es damit auf sich hatte. Ich stand bereits nahe am Zaun, als ich es mir anders überlegte. In die Gebäude wäre ich ohnehin nicht gelangt, weil man mich wahrscheinlich schon vorher erwischt hätte. Der bloße Gang durchs Gelände war das Risiko nicht wert. Dennoch fand ich diese Lücke im Sicherheitsnetz amüsant und fragte mich, ob jemand wie Mary, die den Zaun hasste wie die Pest, das Loch hineingeschnitten hatte. Hatte da irgendwer ernsthaft auf die andere Seite gelangen oder bloß die Erbauer ärgern wollen?

Ich zog ein Stück Draht heraus und prüfte das

Ende. Er war keineswegs einfach durchgesägt worden, sondern verdreht oder schlicht auseinandergerissen. Mir jedoch war es zu dick, als dass ich es hätte verbiegen können.

Da, ein dunkler Fleck an der zerfransten Stelle! Wahrscheinlich Blut.

Dann hörte ich Stimmen.

Die Worte verstand ich nicht, aber die Sprecher schienen nicht allzu weit entfernt und in Aufruhr zu sein. Ich sah mich um, wollte mich verstecken und lauschen, fand aber keine Stelle, die nahe genug am Zaun gewesen wäre. Ich hatte keine Bedenken für den Fall, dass man mich hier an dem Loch fand, da ich nichts damit zu tun hatte. Trotzdem fühlte ich mich unwohl dabei und machte kehrt. Hinter der Anhöhe setzte ich mich wieder. Ich war aufgeregt, kam mir vor wie getrieben.

Die Stimmen waren lauter geworden, weshalb ich einen Blick über den Felsen wagte. Zwei Männer im Weiß der Navy gingen auf der anderen Seite am Zaun entlang und machten vor dem Loch halt. Der eine fluchte; beide sahen besorgt aus. Wie ich an ihren offenen Holstern erkannte, hatten sie ihre Waffen griffbereit. Rücken an Rücken schauten sie sich nervös um und flüsterten miteinander über ihre Schultern hinweg. Einer zuckte mit den Achseln, während ich

Fetzen ihres Gesprächs aufschnappte; sie diskutierten, wer von ihnen vor Ort wachen und wer den Vorfall melden sollte. Ich selbst hätte nicht gewusst, welche Aufgabe mir lieber gewesen wäre. Irgendwann meinte derjenige, der geflucht hatte: „Na, was denn? Wenn er von hier aus geflohen ist, wird er schon nicht auf gleichem Weg zurückkommen." Sie tauschten sich noch ein wenig weiter aus und machten sich dann gemeinsam in die Richtung davon, aus der sie gekommen waren, nicht ohne sich immer wieder umzudrehen.

Ich wartete, bis sie außer Sichtweite waren, rutschte den Hügel hinunter und kehrte in die Stadt zurück. Die Wachleute waren ganz und gar nicht erbaut von diesem Loch gewesen. Das färbte auf mich ab.

Auf dem Rückweg kam ich wieder am Leuchtturm vorbei. Die Felsen ragten aus dem Wasser wie die Knochenplatten eines Dinosaurierskeletts, an dem die Gezeiten über Jahrtausende genagt hatten. Der Turm befand sich sozusagen am Halsende, ließ sein klagendes Signal erklingen und in bemessenen Abständen fahles Licht aufblitzen. Ich hielt inne, um diesen neuzeitlichen Pharos eine Weile zu betrachten, der auf mich wie ein Sinnbild für die Arroganz der Menschen wirkte: ein grauer Pfeil, der himmelwärts strebte und doch an die Felsen gebunden war, derweil der Mensch die Sterne zu deuten versuchte und auf Erden nur Unheil anrichtete. Was musste er sich auch Elfenbeintürme bauen, und was hatte er überhaupt an deren Spitze zu schaffen, so ganz abgeschieden? Folgte er einem hehren Ziel, oder war er keinen Deut besser als die kreisenden Möwen, welche die Lüfte für sich beanspruchten, nachdem sie sich am Schmutz gesättigt hatten?

Beim Weitergehen beschloss ich, mich mit Mary Carlyle in Verbindung zu setzen.

*

Das Depot der Küstenwache befand sich in einem mickrigen weißen Bau mit grünen Fensterläden und einer Stufe vor dem Eingang, wodurch es eher wie ein Landhaus aussah. Ich schaute durch die offene Tür hinein, wo sich ein Büro mit einem Lager dahinter befand. Mary brütete am Schreibtisch über einigen Papieren, während Jerry Muldoon an der Tischkante lehnte und ein Bein in der Luft baumeln ließ. Die Hände hatte er über dem Knie verschränkt. Mary strahlte mich an. Jerry mochte ein wenig ungehalten ob meines Auftritts sein, doch der Argwohn hielt sich in Grenzen.

Ich hatte die beiden wohl gerade beim Flirten gestört.

„Sie haben die Nacht also überlebt?", begrüßte Jerry mich.

„Bin weder erstochen noch erschossen, dafür aber mit den entsprechenden Schauermärchen versorgt worden."

„Die sind gewiss alle wahr."

„Hast du nicht einmal jemanden dort festgenommen, Jerry?", fragte Mary beim achtlosen Sortieren ihres Stapels.

„Ja, stimmt. Das kam bereits häufiger vor, aber an einen Mann erinnere ich mich besonders gut: diesen Krabbenfischer, der seine Frau auf dem Gewissen hatte. Er steigerte sich in einen Blutrausch, brachte gleich noch die Schwägerin um und richtete seinen eigenen Bruder übel zu. Ich musste ihm Waffengewalt androhen." Er äußerte das, als bereitete es ihm immer noch Sorgen. Beim Kopfschütteln schien sein wuchtiger Unterkiefer als Gegengewicht zu fungieren; es sah aus, als ob er die Bewegung auf Grund der Trägheitsgesetze unfreiwillig wiederholte. „Der Bursche kapierte überhaupt nicht, weshalb ich ihn in die Zelle steckte. Ist kein Witz! Ich schmiere es ihm aufs Brot: *Um Himmels willen, Sie haben gerade zwei Frauen kaltgemacht und einen weiteren Menschen schwer verwundet!* Er schaute mich verständnislos an und meinte: *Das war aber doch Familiensache!* Ich lüge nicht, er war felsenfest überzeugt, das Gesetz gelte nichts unter Verwandten. So sind diese Fischköpfe eben. Er sah so verwirrt aus, dass er mir leidtat. Fühlte sich tatsächlich ungerecht behandelt. Schon seltsam ... jemand bringt zwei Leute um, und ich habe Mitleid mit ihm."

„Du bist halt ein ganz Lieber, Jerry", sagte Mary. Er grunzte nur.

Ich wollte zur Sache kommen. „Schätze, Elston hat noch nicht von sich hören lassen, oder?"

„Er ist nicht zu Ihnen gekommen? Dabei hatte er es versprochen ..."

„Doch, er stellte sich mir im *Red Walls* vor, aber als wir ins Gespräch kamen, tauchte so ein Kerl auf ... Larsen hieß er." Ich bemerkte, dass beide ihn kannten oder zumindest seinen Namen. „Der hat Elston vertrieben, hoffentlich nicht für immer."

„Ach, verdammt!", fluchte Mary. „Das wundert mich nicht. Larsen ist der Sicherheitschef. Einer von der ganz fiesen Sorte. Hat er irgendetwas bemerkt?"

„Kann ich nicht sagen, weil er sowieso aussah, als verdächtige er alles und jeden. Elston hat sich aber auch derart ungeschickt aufgeführt, dass der Mann den Braten vielleicht tatsächlich gerochen hat."

Mary biss sich auf die Unterlippe. „Ich werde mit ihm sprechen und ..." Das Telefon unterbrach sie und ließ sie gleich freudestrahlend lächeln. „Sam Jasper geht allerdings vor; das kann nur der Leuchtturm sein." Sie nahm den Hörer ab. Jerry wollte mir etwas sagen, schloss aber ruckartig den Mund, als Marys Kopf von der Muschel wegschnellte. Wir alle hatten den verzerrten Schrei aus dem Telefon mitbekommen. Ich schaute Jerry an; die Worte waren deutlich genug gewesen:

„Hilfe! Oh Gott, helft mir doch!" Mary hielt dem Sheriff den Hörer hin. Als Jerry ihn in die Hand nahm, kreischte Jasper erneut: „Er will in den Lampenraum ... durch den verfluchten Boden! Hilfe! Mary, schnell!"

„Halten Sie durch!", brüllte Jerry. „Hier spricht Muldoon. Was ist bei Ihnen los, Sam?"

„Muldoon? Gott sei Dank! Ein Berserker, sage ich Ihnen. Er will mich umbringen, obwohl ich ihm die Haut gerettet habe! Wirklich, er versucht, von unten durchzubrechen. Wenn er nicht voller Wasser gewesen wäre, hätte er mich längst erwischt!" Jasper schien eine Heidenangst zu haben und redete kaum verständlich. „Hören Sie, wie er kratzt? Kriegen Sie das mit?"

„Halten Sie durch, mein Freund! Ich bin sofort bei Ihnen!"

„Der Bastard hat mich gebis...!" Das waren die letzten Worte, die wir hörten.

Jerry legte auf und sah seine Freundin an. „Ist er nun übergeschnappt?"

„Nein", antwortete sie entschieden.

„Für jemanden, der im Leuchtturm wohnt ... Na ja, ich werde mich sputen." Er schaute auf die Uhr. „Wie steht es um die Gezeiten?"

„Herrscht gerade Ebbe", entgegnete sie. „Aber mit dem Boot bist du trotzdem schneller."

Er stimmte zu. Ich fasste ihn am Arm. „Etwas dagegen, wenn ich Sie begleite?"

Nach kurzem Zögern gestattete er es. „Schadet sicher nicht. Können Sie sich einen Reim darauf machen?"

Konnte ich nicht. Mary sah besorgt und in Gedanken zu mir herüber. An Sam Jaspers Geisteszustand zweifelte sie jedoch offensichtlich nicht.

Jerry watete vom Dock ein Stück durchs Wasser bis zum Boot. Ich sprang hinterher, diesmal verdammt sportlich. Während Jerry bereits den Motor startete, machte sich Mary an der Fangleine zu schaffen, damit wir ablegen konnten. Dabei rutschte sie auf den nassen Bohlen aus und stieß sich das Knie an einem Eisenpfosten.

Die Platzwunde sah unangenehm aus. Dennoch machte sie die Leine los und warf sie Jerry zu.

„Sieh zu, dass du die offene Stelle rasch versorgst", riet er ihr zum Abschied. „Wenn Korallenstaub eindringt, wird es sich entzünden."

Sie nickte und trat zurück, wobei ihr Blut am Bein hinablief. Noch ein kurzer Wink ihrerseits, und schon steuerte Jerry die Schale aufs Meer hinaus. Ein Schwarm roter Mondfische hielt sich am Ankerplatz auf und stob aufgeschreckt in unserer Heckwelle auseinander, was einen Fischer auf einem der Schiffe in der Nähe dazu veranlasste, den Kopf zu schütteln und uns verärgert nachzublicken. Wir nahmen Kurs auf den Leuchtturm, der zunächst hinter einem Inselstreifen auftauchte, dann aber wieder außer Sicht geriet, als wir die Richtung änderten. Ich erkannte die schwarze Formation, die sich von Pelican bis zu dem großen Steinbrocken erstreckte, auf dem der Bau stand. Die See peitschte als weiße Gischt dagegen. Das Gestein war glitschig vom Tang; ein Glück, dass wir das Boot genommen hatten, denn den Übergang schenkte ich mir nur zu gerne. Jerry hatte die Felsen fest im Blick und fuhr in sicherem Abstand nebenher. So ging es am schnellsten.

Die Gestalt tauchte unvermittelt auf.

„Wer zum Henker …!", rief Jerry.

Der Schatten sprang vom Turm her über die Felsen in unsere Richtung, als ob er sich keine Gedanken über den schlüpfrigen Untergrund machte. Er trug einen weißen Kittel, der wie ein gebrochener Flügel im Wind flatterte. Sein Gesicht war vollkommen entstellt, die Augen hatte er nach hinten gerollt. Sie waren so weiß wie der Schaum, der ihm scheinbar zum Spott der sich brechenden Wellen zu seinen Füßen aus dem Mund quoll. Beim Hüpfen von Stein zu Stein hielt er immer wieder geduckt inne. Er war so agil, dass er jedes Mal, wenn er ausrutschte, einem drohenden Sturz entging. Sein Mund stand weit offen und entblößte gebleckte Zähne hinter wie in unaussprechlicher Qual zurückgezogenen Lefzen.

„Ist das Sam?", fragte ich. Jerry schüttelte nur stumm den Kopf.

Das Boot war den Felsen gefährlich nahe gekommen, während Jerry den Mann fasziniert betrachtete. Rechtzeitig korrigierte er den Kurs, indem er mit dem Bug ausscherte. Ich spürte, dass er unschlüssig war und den Kerl lieber verfolgt hätte, sich aber schließlich doch darauf besann, sicher zum Turm zu gelangen. Er hatte seine Pistole nicht gezogen. „Wir sehen besser zuerst nach Sam."

Es beruhigte mich ungemein, dass er die gleichen Prioritäten wie ich setzte.

Jerry preschte die Wendeltreppe hinauf, ich hinterher. Am Ende führte eine Falltür zum Lampenraum. Sie war aus Stahl – und blutverschmiert! Fleischfetzen und Fingernägel klebten daran fest. Ein lebendig Begrabener hätte sich in seiner Verzweiflung nicht stärker ins Zeug legen können, um sich seinen Weg nach oben zu bahnen. Als ich aufschaute, plumpste ein roter Klumpen knapp an meinem Gesicht vorbei in die Tiefe. Ich erinnerte mich an den Mann mit dem gebrochenen Arm am Betonblock, den John Tate beschrieben hatte. Die Gestalt auf den Felsen war stärker gewesen, davon zeugte der Wutakt, den sie an der Falltür begangen hatte.

Jerry rief angesichts der Schweinerei: „Sam, ich bin es! Muldoon!"

Keine Antwort.

„Jerry hier! Sam!?"

„Jerry? Haben Sie ihn geschnappt?" Sams Stimme hallte dumpf hinter dem Metall. Die Worte klangen gedehnt wie Gummi.

„Ich habe ihn noch auf den Felsen gesehen, aber er ist getürmt."

Sam schien diese Information während einer kurzen Pause zu verarbeiten und fragte dann: „Sind Sie bewaffnet, Jerry?"

„Bin ich. Machen Sie auf!"

Das Schloss knirschte, als Sam die Tür langsam entriegelte. Er spähte durch einen schmalen Spalt und schien bereit, sie jede Sekunde wieder zu schließen. Sam war bereits im gesetzten Alter und hatte zerzaustes, graues Haar; die Furcht stand ihm ins Gesicht geschrieben. Jerry trat einen Schritt zurück. Sam erkannte ihn und machte erleichtert die Tür ganz auf. Er saß auf dem Boden. Die Lampe hinter ihm blinkte unentwegt weiter.

„Er hat mich gebissen, Jerry", sagte er relativ ruhig. Dann begann er zu delirieren.

*

Der Arzt vor Ort hieß Dr. Winston und war ein umgänglicher Mann in seinen besten Jahren. Außer ihm gab es auf Pelican keinen Mediziner; abgesehen von den gewiss unzähligen innerhalb der Sperrzone natürlich. Ich mochte den dicken Mann sofort. Sein Bauch hing satt über dem Gürtel und hatte offenbar noch nie so etwas wie Leibesübungen erfahren. Winston war Kettenraucher, kurzatmig und hatte nikotingelbe Finger; vom Teint und Körperbau her ging er als Eichenfass durch. Sicher ein Bombenkerl. Winston war kein Conch, sondern lebte erst seit drei

Jahren auf der Insel. Er war dem dringenden Ruf nach einem Arzt hierher gefolgt, weil er seinen Job über alles in der Welt liebte. Jerry Muldoon hatte mir diese Dinge erzählt, während wir mit Sam vom Leuchtturm zu Winston gefahren waren.

Als Jerry und ich ihm Jasper brachten, schien er nicht einmal überrascht zu sein; überhaupt konnte ihn so schnell offenbar nichts erschüttern. Jeder von uns stützte Sam an einem Arm, weil er humpelte und ständig verkrampfte. Er stand unter Schock und redete wirres Zeug, seit wir ihn im Lampenraum gefunden hatten. Winston stellte keine Fragen, leuchtete dem Verstörten in die Augen und verordnete Bettruhe. Artig wie ein Kind, das zum Schlaf angehalten wird, legte sich Sam nieder, um gleich wieder ruckartig in die Höhe zu schnellen. Er starrte ängstlich in den Raum, wobei nur sein Kopf zuckte, nicht aber die Augen. Jerry legte ihm eine Hand auf die Schulter, und Winston ließ eine Krankenschwester kommen, die dem Alten ein Beruhigungsmittel gab. Während der Untersuchung hörte er nicht zu stieren auf. Sam hatte eine Schnittwunde am Unterarm sowie einen kleinen Kratzer auf dem Handrücken, scheinbar nichts Gravierendes.

„Ein Mensch?", fragte Winston Jerry.

„Was?"

„Hat ein Mensch ihn gebissen?"

„So ist es."

„Hatte ich also recht. Das erkennt man an den Abdrücken."

Die Krankenschwester, ein graues Mütterchen mit gutmütigem Blick, sollte Jasper noch eine Tetanusspritze sowie Antibiotika verabreichen und wuselte beflissen herum. Nun begann der Sheriff, den Leuchtturmwärter über den Vorfall auszufragen.

Die Medikamente schlugen gleich an, doch wieder setzte Sam sich aufrecht hin. „Es war ein Geschöpf aus der Hölle", fing er an.

„Ich schnappe mir den Typen", versprach Jerry, ohne dass er auf Sams Bemerkung einging.

„Aus der Hölle, sage ich", wiederholte Sam.

„Sind Sie dem Mann bereits vorher begegnet?"

„Begegnet? Nein, ich habe ihn im Wasser gefunden und herausgezogen. Er ist von oben gekommen."

„Was meinen Sie mit oben?", fragte Jerry.

Winston trat heran, die Hände auf dem Rücken, wahrscheinlich in der Absicht, die Befragung sofort abzubrechen, falls Sam sich erneut aufregte. Ich hoffte, dass es nicht so weit kommen würde, weil ich erfahren wollte, was der alte Mann wusste. Vielleicht konnte ich es auf die Informationen beziehen, die ich bereits von John Tate und Elston erhalten hatte, oder mir das Loch im Zaun erklären.

„Ich meine von oben aus der Sperrzone", verdeutlichte Jasper.

„Woher wollen Sie das wissen, Sam?"

„Er trug doch eine dieser weißen Schürzen, wie ein Irrer aus der Klapse, ein Geschöpf aus der Hölle …"

„Sie haben ihn gerettet, sagen Sie, aus dem Wasser gezogen, nicht wahr?"

Jasper bestätigte, als Winstons Assistentin mit der Nadel neben das Bett trat. Sie sah ihren Chefarzt an und der wiederum Jerry. Muldoon nickte zustimmend und wartete mit der nächsten Frage, bis die Frau ihre Spritze gesetzt hatte. Jasper ließ sich aber nicht stören.

„Zuerst sah ich ihn an den Felsen hängen, und zwar an der dem Meer zugewandten Seite, als ob er sich vor jemandem auf der Insel versteckte. Ich hätte ihn glatt für einen Betrunkenen gehalten, wäre da eben nicht der weiße Zwirn gewesen. Das Wasser schlug gegen seine Füße, sodass er von einem auf den anderen trippelte. Wollte sich seine Schuhe nicht nass machen, dachte ich. Er überhörte mein Rufen oder achtete nicht darauf. Dann stürzten sich einige Möwen hinab und flatterten um seinen Kopf herum. Er schlug danach, als seien es Fliegen."

Die Krankenschwester hatte zugestochen und drückte Jasper die Flüssigkeit in den Arm. Er schaute ihr aufmerksam zu und sprach aus dem Mundwinkel heraus weiter mit Jerry.

„Natürlich rutschte er ab. Schwimmen konnte er offensichtlich nicht; daher krallte er sich mit beiden Händen und großem Geschrei an den Steinen fest. Nein, man hörte nichts; stumme Schreie, wenn Sie verstehen. Er riss den Mund weit auf, ohne dass etwas herauskam. Ich wollte mir auf dem nassen Fels nicht den Hals brechen und nahm deshalb das Ruderboot. Er hielt durch, bis ich bei ihm war. Da hatte er sich ganz steif gemacht, was ich auf seine Angst vorm Loslassen zurückführte. Er fürchtete sich wohl vor dem Wasser. Hing da wie im Alptraum, wenn man davonlaufen will und nicht kann. So, wie er um sich geschlagen hat, wollte ich nicht dazwischengeraten. Man hätte glauben können, er tue sich selbst gleich etwas an. Jedenfalls fuhr ich dicht bei und stemmte mich gegen die Felsen, um ihm die Hand zu reichen. Als er mich anschaute, graute mir vor seinem Gesicht. Sein Mund war ein klaffendes Loch, man sah ihm bis in den Hals, sogar das Gaumenzäpfchen. Seine Augen waren hingegen ganz weiß, weil er die

Pupillen wie ein tollwütiger Gaul nach hinten gerollt hatte. Ich zog ihn trotzdem ins Boot. Er war weder sonderlich groß noch schwer, aber stark. Ein Händedruck wie ein Schraubstock, als er mich am Arm packte. Er nahm mich aber ansonsten gar nicht wahr und saß die ganze Zeit wie belämmert neben mir. Ich wollte, so schnell es ging, zum Leuchtturm zurückkehren und jemanden anrufen, statt den Kerl direkt zur Insel zu fahren und durch die Stadt zu führen. Als ich angekommen war, kostete es mich einiges an Aufwand, ihn aus dem Boot zu bekommen. Erst als ich mit dem Rumpf aufsetzte, wagte er sich hinaus. Er konnte laufen, zwar auf wackligen Füßen, aber es ging. Ich nahm an, dass er zu viel Wasser geschluckt hatte. Im Turm wollte ich ihm das Zeug aus dem Leib pumpen, und nachdem er viel gehustet und ausgespuckt hatte, schüttelte er sich wie ein nasser Hund." Jasper tat es ihm nun gleich, er schien sich zu ekeln. „Dann stürzte er sich auf mich, fuhr Zähne und Krallen aus wie ein wildes Tier. Er war so stark, dass er mich einfach zur Seite warf, als ich ihn aufhalten wollte. Dabei hat er mich gebissen. Verständlich, dass ich Angst bekam: ein Verrückter mit Mordskräften! Zum Glück konnte er noch nicht wieder richtig gehen. Das verschaffte mir etwas Vorsprung, als ich über die Treppe geflohen bin. Er war mir dicht auf den Fersen, aber im Lampenraum konnte ich gerade rechtzeitig die Luke unter mir dichtmachen. Er hat dann tatsächlich versucht, die Falltür mit bloßen Händen zu durchschlagen. Jeder Wahnsinnige hätte merken müssen, dass er nichts gegen das Metall ausrichten konnte. Er hämmerte dennoch wie blöde dagegen, und ich war dermaßen neben der Spur, dass ich mit allem rechnete. Dann habe ich angerufen …"

„Ich schätze, das reicht nun, Jerry", mahnte Dr. Winston. „Ich muss die Wunde säubern und nähen."

Jasper fügte noch an: „Furchtbares Geschöpf! Die weiße Schürze wie in der Irrenanstalt war vielleicht das Schlimmste an ihm … oder der stumme Schrei."

„Beruhigen Sie sich nun", sprach Jerry ihm zu.

Jasper brannten sichtlich noch Fragen auf den Lippen, aber er gab nach und lehnte sich zurück, damit Winston seinen Arm versorgen konnte. Ich ging unterdessen mit Jerry ins Büro.

„Was halten Sie davon?"

Eine gute Frage, dachte ich. Der Kerl wollte sich durch Metall boxen. John Tate hatte ebenfalls einen Mann gesehen, jemanden in einem weißen Kittel, bei dem Versuch, einen sehr schweren Block zu heben. Jener hatte sich dabei aber den

Arm gebrochen, während die Gliedmaßen von dem Typen hier, über den der alte Leuchtturmwärter berichtet hatte, noch heil gewesen waren. Tates Beschreibungen passten außerdem auf ein gehorsames und vollkommen emotionsloses Wesen, während Jaspers Angreifer von Wut getrieben wurde. Was die beiden einte, war ihre Stille und offensichtliche Unempfindlichkeit gegenüber Schmerzen. Elston hatte in unserem kurzen Gespräch Chemikalien erwähnt, die das Gehirn aus den Fugen geraten lassen. Und dann war noch irgendwer durch den extrem robusten Zaum entwischt. Einige Teile dieser Geschichten passten zusammen, wenn auch nur grob. Sie gaben kein einheitliches Bild wie auf einem fertigen Puzzle ab, sondern ähnelten einem Gerüst, das ich mit mehr Fleisch auskleiden musste, um es zu verstehen. Ich ging meine unzulänglichen Informationen noch einmal in Gedanken durch und wog ab, inwieweit ich Jerry einweihen sollte. Er schien mir sympathisch und vertrauensselig genug, aber für ihn als Sheriff einer kleinen Insel gingen meine Theorien wahrscheinlich über das hinaus, was er im Rahmen von Recht und Ordnung begreifen konnte.

Ich drehte mich zu ihm um und wollte etwas sagen, doch er hatte bereits das Ohr am Hörer.

*

„Ja, ja …" Jerry war hörbar genervt. „Am besten den Sicherheitsdienst." Er wartete ungeduldig mit hochgezogenen Augenbrauen. Aus dem Hörer drangen Pfeifgeräusche. Als er sich mir widmen wollte, stellte man ihn offenbar durch. „Ja, wir haben ein Problem hier … Larsen? Hier spricht Muldoon … Ja, irgendein Kerl ist ausgerastet, trug einen weißen Kittel. Können Sie mir das vielleicht erklären? … Tatsächlich … Was?! Nein, ich brauche keine Unterstützung! Er ist ja allein … Verdammt, ich komme zurecht und wollte bloß, dass Sie es wissen! … Selbstverständlich haben *Sie* das Sagen, zum Teufel! Das heißt aber doch nicht, dass ich das Maul halten muss, richtig? … Richtig! Also schnappe ich mir den Kerl für Sie, statt die Hände in die Hosentaschen zu stecken und ihn ungehindert sein Unwesen treiben zu lassen … Ja, ja, weiß ich." Jerry seufzte laut. „Gut, ich warte auf Ihre Leute. Bis dahin werde ich mich aber schon einmal umsehen … Was?!" Er schrie fast. „Er ist doch ganz all… Wie in aller Welt soll ich ihn zu fassen bekommen, wenn ich auf Distanz bleiben muss? Verdammt!"

Jerry spannte den Kiefer an, warf einen strengen Blick aufs Telefon und hämmerte den Hörer auf die Gabel. Er schäumte vor Wut. Wortlos maß er den Raum mit seinen Schritten ab, ehe er innehielt und mich ein wenig konfus anschaute. „Erschießen."

„Was?"

„Anordnung von Larsen: Ich soll den Kerl nicht einfangen, sondern gleich um die Ecke bringen. Was geschieht nur auf dieser Insel?"

Jerry ging hinaus, bevor ich Gelegenheit hatte, ihn in das einzuweihen, was ich wusste; doch am Ende war es wohl ohnehin unerheblich. Es war an der Zeit, selbst zum Hörer zu greifen.

*

„Entschuldigung, Sir. Das kann ich Ihnen wirklich nicht sagen", knarzte die Stimme am anderen Ende. Die Dame von der Vermittlung war angespannt, was man an ihrer aufgekratzten Stimme bemerkte, so als stünde sie unter Strom; ich hätte genauso gut mit einem Tonband sprechen können.

„Sie müssen doch wenigstens eine Erklärung haben!"

„Entschuldigung, Sir ... Probleme mit der Leitung."

Wütend legte ich auf. Es war frustrierend, mit

einer Story in der Hinterhand, nicht in der Redaktion durchzukommen. Meine Gedanken überschlugen sich, obwohl es streng genommen nichts Druckreifes war. *Noch* nicht, denn dazu fehlte mir Elstons Offenbarungseid. Den Versuch war es wert gewesen, denn die ganze Sache hatte etwas Grausiges an sich: der abgeschiedene Leuchtturm und sein Wächter, dem ein Wahnsinniger an den Kragen wollte; das würde, auch wenn ich den Gedanken widerlich fand, Schlagzeilen machen. Mein Job bestand eben genau darin, ob ich nun wollte oder nicht, denn am Ende ging es immer um die Auflage. Ob man Zeitungen mit Enthüllungsberichten an den Mann brachte oder die Seiten mit Popklatsch füllte, war egal. Skandale, Gerüchte, Cartoons. Alles bloß Mittel zum Zweck. Entweder war ich zynisch geworden oder gerade nur aufrichtig zu mir selbst, denn mein Erfolg fußte nicht allein auf den Fehltritten von Warden, sondern war dem Pöbel zu verdanken, der die Story in seiner Gier nach schmutziger Wäsche stapelweise von den Auslagen genommen hatte. Den eigentlichen Nutzen hatte dabei niemand im Kopf gehabt: Ein Volk, das sich im Allgemeinen bei jeder Gelegenheit nur zu gerne ausnehmen ließ wie eine Weihnachtsgans, brauchte die sichergestellten öffentlichen Gelder sowieso nicht. Bei diesem Gezeter musste ich zugeben, dass mein Arbeitgeber sogar noch zu den gemäßigten Blättern zählte.

Irgendwann würde mein Roman noch kommen. Zuerst aber ging es um Pelican Cay. Was war hier los? Bevor ich das Geheimnis lüften konnte, musste ich den Schlüssel finden. Ich hatte meine Finger bereits in die Wunden der Korruption gelegt und diejenigen in die Schranken verwiesen, die für ihre Ziele über Leichen gingen, aber das hier hatte nichts mit allzu menschlichem Geltungsbedürfnis zu tun. Es drehte sich um mehr als Geiz – etwas weit Gemeineres. Gier steckt als Motivation hinter allem Leben, ergibt sich aus dem Evolutionsgedanken und unserem Überlebenswillen. Das hört sich grausam an, ist aber eben Teil der natürlichen Ordnung. Was jedoch hinter diesem Zaun vor sich ging, hatte mit der Natur indes reichlich wenig zu tun.

Western Union unterhielt kein Büro auf Pelican Cay. Vielleicht konnte Mary Carlyle mir helfen, denn die Küstenwache musste doch über andere Möglichkeiten verfügen, um mit der Außenwelt zu kommunizieren, ohne dass jemand sich zwischenschaltete. Ich musste meine New Yorker Kollegen in Kenntnis setzen und schlug mich mit diesem Gedanken von Dr. Winston aus zur Küste durch. Dabei wurde mir bewusst, wie ernst man es hinter der Barriere mit der Jagd nach dem flüchtigen Irren meinte: Überall am Strand liefen Uniformierte in Dreiergruppen Streife, und ich sah mindestens zwölf Männer, die sich mehr schlecht als recht als Touristen ausgaben. Zu schlank, zu fit wirkten sie, und sie guckten grimmig wie Larsen. Meine Alarmglocken läuteten Sturm, während sich mir die Haare am ganzen Körper aufrichteten wie Tsunamiwellen, die eine bange Ahnung vor sich her schoben. Ich redete mir ein, dies sei die normale Reaktion eines Zeitungsreporters, der den Coup seines Lebens wittert, aber im Grunde genommen musste ich zugeben, dass mir die Flatter ging.

„Jack!" Mary kam auf mich zu. Sie trug nunmehr einen Verband um ihr verletztes Knie.

„Genau *Sie* habe ich gesucht", rief ich ihr entgegen.

„Ich will zu Jerry", antwortete sie. „Ist Sam wohlauf?"

Ich erklärte ihr kurz und knapp, was vorgefallen war, ohne die blutigen Details zu erwähnen. Sie inspizierte meinen Gesichtsausdruck genau. Ich stellte ihr in Aussicht, dass sie Jerry wahrscheinlich die nächsten Stunden über nicht im Büro antreffen würde. Sie schaute sich dennoch um, als erwarte sie ihn.

„Armer Sam", klagte sie. „Gut, dass er unversehrt ist."

„Hören Sie, Mary ... gibt es irgendeinen anderen Weg, vom Depot aus mit dem Festland in Kontakt zu treten? Das Telefon funktioniert inzwischen wohl gar nicht mehr."

„Ich weiß", stöhnte sie. „Es gibt in der Tat eine Alternative. Die Sache ist bloß: Wir dürfen das Funkgerät nicht benutzen. Davon abgesehen scheide auch ich aus."

„Wieso?"

„Sie haben mich nach Hause geschickt. Suspendiert! Und das auf reichlich schroffe Art. Sie versuchen mit allen Mitteln, etwas zu vertuschen. Da ich ziemlich durcheinander war, habe ich beim Verlassen des Depots meine Handtasche vergessen, weshalb ich zurückging. Der Wachmann an der Tür ließ mich nicht wieder hinein. Sie dulden niemanden mehr dort und haben mir die Tasche schließlich zukommen lassen. Sie brauchen unseren Empfänger wohl wegen der toten Leitung, falls sie die nicht selbst lahmgelegt haben." Sie schaute sich weiter um, entweder nach Jerry oder etwas, das ihr die Entscheidung abnahm. Letztlich legte sie sich fest: „Jack, hören Sie, ich habe gerade nichts zu tun und werde Sie mit dem Boot zu den Keys fahren, falls Sie das möchten. Von dort aus können Sie anrufen."

Ich wollte Pelican nicht vorzeitig den Rücken kehren, ehe man den Wahnsinnigen gefasst hatte. Es schien mir verfrüht, mit einer halbfertigen Story abzureisen, nur um dann aus der Ferne den Rest mitzubekommen. Andererseits hätten *sie* uns sowieso nicht ziehen lassen. „Wissen Sie was, Mary? Ich lade Sie erst auf einen Drink ein und komme später auf Ihr Angebot zurück."

Sie zierte sich, suchte nach etwas in ihrer Handtasche und ließ ihre Augen gedankenverloren wandern. „Glauben Sie, da besteht ein Zusammenhang?"

Ich wusste genau, worauf sie sich bezog. Sie wurde auch gleich konkreter: „Ich meine zwischen Elston und dem Angriff auf Sam Jasper."

„Ich denke schon."

„Geht mir genauso."

„Ich muss wieder mit ihm sprechen."

„Es geht Ihnen um mehr als nur Schlagzeilen? Was hier geschieht, ist doch grotesk!" Sie machte eine ihrer typischen Handbewegungen. „Wir alle sind davon betroffen." Sie selbst verhehlte das nicht, denn sie sah besorgt aus und kam zu keinem Schluss.

Strammen Schrittes zogen zwei Wachmänner an uns vorbei, zu denen ein dritter eilig aufschloss. Mary warf einen kurzen Blick hinüber und schenkte mir dann den Hauch eines Lächelns. „Einladung angenommen, Jack. Was soll ich auch sonst tun?"

Sie strotzte nicht gerade vor Entscheidungsfreude und hätte mir folglich auch keinen anderen Vorschlag machen können. Ich führte sie am Arm in die nächste Bar. „Wie geht es Ihrem Knie?"

„Mmh? Ach, schon okay. Hier muss man immer aufpassen, wenn man sich eine Wunde zuzieht. Gerät Korallenstaub hinein, erschwert das die Heilung." Sie umfasste ihren Schenkel direkt über dem Verband. „Ein dummes Missgeschick in Eile. Der arme Sam ist schlimmer dran."

„Na ja, er ist mit dem Schrecken davongekommen und hat nichts Ernstes." Das glaubte ich zu jenem Zeitpunkt noch selbst.

Wir suchten ein gemütliches Lokal an den Docks auf. Die Theke war aus dem Rumpf eines alten Ruderboots gefertigt worden. Wir setzten uns abseits an einer der Stückpforten, wo das Rohr einer schweren Kanone hindurchschaute. Nettes Dekor, bei dem ich mich fragte, ob es in den wilden Zeiten wirklich mit Munition gefüttert worden war, um bösen Buben die Hölle heiß zu machen. Der Barkeeper mit Kopftuch und Augenklappe sprach die Kundschaft stilecht als Landratten an, wobei er vollends in seiner Rolle aufging und somit überhaupt nicht heuchlerisch wirkte. Ein paar Ortsansässige plauschten bei ihrem Rum an runden Holztischen miteinander und störten sich nicht an einem Betrunkenen auf dem umfunktionierten Achterdeck.

Mary und ich waren wohl stillschweigend übereingekommen, nicht über das zu reden, was uns eigentlich beschäftigte. Deshalb kam unser Gespräch aber auch nicht richtig in die Gänge. Mary war zwar attraktiv, doch nach Annäherungsversuchen war mir nicht zumute. Dann bemerkten wir von einem Moment auf den anderen, dass etwas passiert war. Auch die anderen im Lokal nahmen es als unterschwellige Vibration wahr, die das Gehör nicht erfasst hatte. Die Zecher ließen von ihren Gläsern ab und schauten verwirrt auf. Mary und ich tauschten Blicke aus; so etwas ist für gewöhnlich nicht mit Worten zu beschreiben. Nach kurzer Zeit platzte ein junger Ködermacher mit der Nachricht herein, man habe Sam Jaspers Angreifer gefasst. Ein leises, aber nicht zu überhörendes Raunen der Erleichterung ging durch die Menge. Ich hatte jedoch nicht das Gefühl, dass diese Männer den Verrückten gehasst oder gefürchtet hätten; vielmehr schienen sie vor allem auf ihre Unabhängigkeit zu pochen und hofften wahrscheinlich, dass die ungern gesehenen Patrouillen am Hafen und in den Straßen der

Stadt nun endlich abrückten. Der Köderer wusste nichts weiter und hatte selbst erst vor einigen Minuten davon erfahren. Dennoch stellte niemand die Neuigkeit infrage.

„Gehen wir zu Jerry", bat ich. „Ich will mehr darüber erfahren. Danach dürfen Sie mich gerne auf die Keys bringen."

Mary stimmte zu, wir tranken aus und gingen am Wasser zum Revier. Auf der Straße herrschte geschäftiges Treiben; Aufregung lag in der Luft.

Das Polizeirevier war ein kleiner Betonbunker mit nichts als einem Büro für Jerry und zwei Einzelzellen im hinteren Bereich. Der Sheriff saß auf der Schreibtischkante, das Gitter stand offen, die Zelle war leer. Jerry dachte gerade nach, als er Mary sah und lächelte – mit ernstem Gesichtsausdruck.

„Wir hörten ...", begann sie.

„Wieder alles in Ordnung mit deinem Knie?", fragte er dazwischen.

„Ja, danke. Wir hörten ..."

„Genau! Wir haben ihn."

Ich wies auf das leere Gefängnis.

„Nein, er ist nicht hier, sondern bei *ihnen*." Er rutschte vom Tisch, ging zur Tür und schloss sie unsinnigerweise, damit er wohl einfach etwas zu tun hatte. Dann fuhr er fort: „Ich habe ihn gefunden und schließlich doch denen überlassen. Weiß auch nicht ... Larsen hatte so eine gewisse Art am Telefon, die ich nicht mag. Männer wie ihn kann ich generell nicht ab, obwohl er mich beeindruckt ... nein, das ist wahrscheinlich das falsche Wort, aber egal ..." Er hob seine Hand zur Stirn, als ob er sich den Hut einmal mehr richten wollte; allerdings trug er ihn gar nicht. Deshalb brach er die Bewegung vor seinem Gesicht ab und blickte peinlich berührt drein. Dann kratzte er sich auf die gleiche verlegene Art an der Wange, wie er gerade eben die Tür geschlossen hatte. Schließlich schenkte er uns beiden reinen Wein ein: „Ich meinte wohl eher, dass ich Bammel vor ihm habe." Und wie um diesen Kommentar schnell zu übergehen: „Ich fand den Typen zwischen herumstehenden Kisten an der Third Wharf. Er versteckte sich nicht, sondern saß einfach nur dort. Ich wollte ihn festnehmen, weil ich ihn ja auch gefunden hatte, doch Larsen, dieser Mistkerl ... es war aber auch zu übel ..."

Er steckte fest. Mary und ich sagten nichts, weil er allem Anschein nach überlegte, ob und wie er fortfahren sollte. Schließlich versteifte er den Kiefer mit einem Anflug von Ekel in seinen sonst so beschaulichen Zügen. „Er verschlang einen toten Hund."

Mary schnaufte kurz und schnitt eine Grimasse. Auch mir wurde leicht flau im Magen.

Jerry sprach weiter: „Einen kleinen, braunen Streuner. Ob er ihn umgebracht oder so gefunden hatte, kann ich nicht sagen, aber jedenfalls hockte er neben diesen Behältern und pickte an dem Kadaver herum. Hungrig wirkte er nicht, riss einfach willkürlich Stücke heraus und nahm sie in den Mund. Er kaute darauf, als müsse er erst noch herausfinden, ob ihm das Fleisch schmeckte, war sozusagen neugierig. Nur ein kleiner, brauner Streuner ..."

„Einen Hund zu essen!", stieß Mary brüskiert aus. „Der arme Kerl ..."

„Der arme Hund, wenn du mich fragst", berichtigte Jerry.

Mary stöhnte angewidert.

„Chemikalien, die das Hirn umkrempeln", sagte ich mir wieder vor, ohne dass die beiden mich hörten.

Jerry erzählte weiter: „Also, ich habe darauf verzichtet, ihn abzuführen. Stattdessen rief ich Larsen, hielt mich zurück und beobachtete den Typen. Jetzt kapier ich auch, was Sam mit dem weißen Kittel gemeint hat: darin sah er wirklich unheimlich aus ... schlimmer, als wenn er nackt gewesen wäre. Das Ding war schon übersät mit Blutspritzern und stand vor Dreck. Von Zeit zu

Zeit zerrte er daran, wie um es auszuziehen, wusste sich aber nicht zu helfen. Und jetzt kommt es: Sie haben einen Lastwagen mit einem Käfig aus der Sperrzone geschickt. Da soll man nicht an Hundefänger denken ... Bestimmt zwölf Mann saßen darin, aber nicht von der Strandwache, sondern teilweise aus Larsens Kader, die in den dunklen Anzügen, und einige ... na ja ... Wissenschaftler wahrscheinlich. Allen stand die Angst in die Gesichter geschrieben, selbst den ganz harten Burschen. Die in Schwarz trugen Gewehre bei sich, während die anderen, man stelle sich das vor, Netze dabeihatten!"

„Netze?", wiederholte ich dumpf.

„Ja, verfluchte Netze, aber nicht wie auf Schmetterlingsjagd oder in den Zeichentrickfilmen, wenn die Wärter der Klapsmühle einem Bekloppten hinterherrennen. Diese Teile sahen anders aus, waren nicht an Stangen befestigt, meine ich. Sie ähnelten großen Gladiatorennetzen aus dicken Strippen, wie man sie in den Sandalenfilmen im alten Rom oder so sieht. Man beachtete mich gar nicht, aber ich sprach auch nicht mit ihnen. Sie tuschelten untereinander und kreisten den Kerl dabei von allen Seiten ein; nur von drei, um genau zu sein, denn einen Fluchtweg versperrte sowieso bereits eine schwere Kiste." Jerry wollte anscheinend alles haarklein beschreiben, damit wir ihm auch wirklich glaubten, oder weil er vielleicht selbst noch daran zweifelte. „Larsens Männer legten auf den Typen an. Ihnen war an der Nasenspitze anzusehen, dass sie bereits bei der kleinsten Bewegung gefeuert hätten. Auf einen einzelnen Kerl, einfach abgedrückt. Ich selbst musste bisher noch nie auf so was zurückgreifen", merkte er unnötigerweise an, kam jedoch gleich wieder zur Sache: „Wie ich sie aber alle so sah, konnte ich nicht anders und zog meine Waffe ebenfalls. Ich tat es nicht einmal bewusst und hatte sie in der Hand, ehe ich mich versah. Wie auch immer, sie näherten sich ihm weiter und warfen endlich die Netze. Er war so beschäftigt, dass er es gar nicht merkte. Fünf oder sechs Netze von mehreren Seiten. Sie hielten ihn mit den Tauen in Schach und zogen ihn zum Laster. Erst als er den Zug spürte, rastete er aus, schlug um sich, trampelte auf dem toten Tier herum und zerrte an den Netzen. Dabei sabberte er, ohne einen Laut von sich zu geben. Und er war stark. Verdammt stark! Er ist auf die Beine gekommen, obwohl sie ihn zu sechst festhielten und aus dem Gleichgewicht bringen wollten. Er taumelte von einer Seite zur anderen und zog die Männer dabei mit in die jeweilige Richtung. Eine Hand bekam er durchs Netz, eine richtige Pranke, und schlug damit nach ihnen. Ich konnte kaum zuschauen. Als einige Maschen der Netze aufgingen, erkannte ich Draht darunter; er hätte sie also nie zerreißen können, obwohl er es versuchte." Jerry musste Luft holen. Er schwitzte. „Irgendwann hatten sie ihn mit Ach und Krach in den Wagen bugsiert ... mit Stangen gestoßen. Er stolperte geradewegs in den Käfig, sie warfen ihre Netze hinterher und verriegelten die Tür. Er pochte dagegen und schlug Beulen ins Metall. So fuhren sie davon, ohne auch nur ein Wort mit mir gewechselt zu haben." Ein Achselzucken. „Nach Fragen war mir ohnehin nicht gewesen."

„Er muss eine furchtbar ansteckende Krankheit haben", glaubte Mary.

„Bestimmt, aber Netze? Nicht eben die würdevolle Art, mit einem Menschen umzuspringen, selbst wenn er wahnsinnig ist."

Ganz leise bemerkte ich: „Er hat Sam Jasper gebissen."

„Oh Gott!" Jerry schaute mich an, und im gleichen Moment platzte Larsen herein. Als er durch die Tür kam, besaß sein Gesicht nichts mehr von seiner ursprünglichen Strenge. Er rang sichtlich mit seinen Emotionen, und sein durchtrainierter Körper zitterte. Er ging auf Jerry zu, ohne Mary oder mich zu beachten, und brüllte ihn an:

„Weshalb haben Sie mir nicht erzählt, dass er jemanden angefallen hat?"

Jerry versuchte ihn zu beruhigen.

„Wen hat er angefallen? Sie sagten, er sei nicht in den Raum zu Jasper gelangt!" Jerry hielt seinen Zorn im Zaum. Ich konnte ihm deutlich ansehen, dass er Larsen nicht besonders schätzte und seine Art verachtete.

Die Ruhe überraschte den Sicherheitschef, sodass auch er sich nun am Riemen riss. „Er soll den Leuchtturmwärter angegriffen haben."

„Kann sein, wahrscheinlich ehe der sich oben einsperren konnte, nicht wahr? Also muss Jasper sich bereits vorher etwas zugezogen haben."

„Jesus! Sie hätten mich in Kenntnis setzen müssen, Muldoon!"

„Hätte ich? Und weshalb war ich mir dessen nicht bewusst? Sie haben es mir nie gesagt. Jemand wird bei einem tätlichen Angriff leicht verletzt und verarztet. Was ist daran so ungewöhnlich?"

„Verarztet? Ist er noch im Krankenhaus?"

„Dort sah ich ihn zum letzten Mal, ja."

„Wie lange ist das her?", blaffte Larsen. Seine Augäpfel waren groß wie Glaskugeln. Er hatte seine ursprüngliche Gesichtsfarbe völlig verloren und machte eine ungelenke Bewegung, als sei seine Wirbelsäule fixiert worden, damit er sich nur noch um die eigene Achse drehen konnte. Dann eilte er hinaus.

Jerry lehnte sich wieder an den Tisch. Er wirkte plötzlich matt, setzte dann aber rasch seinen Hut auf und folgte Larsen. Ein Blick meinerseits zu Mary, und schon liefen wir hinterher. Sie rief Jerry zu, er solle warten, was er mit einem Auge auf Larsen auch tat. Der raste fast wie im Sprint davon; Jerry hätte ihn wahrscheinlich nicht eingeholt, versuchte es aber auch erst gar nicht, sondern beschränkte sich auf einen strammen Eilschritt. Mary und ich blieben hinter ihm. Bis zur Klinik war es nicht weit, und als wir ankamen, stand Larsen noch vor der Tür. Er wollte erst eintreten, nachdem er seinen Revolver gezückt hatte.

„Stattet man bei der Agentur so Krankenbesuche ab?", grunzte Jerry und meinte es keineswegs zum Spaß.

Wir schlossen zu Larsen auf und schauten durch den Eingang. Die alte Krankenschwester saß auf einer Bank. Sie hatte ihren Arbeitsmantel geöffnet und trug eine Bandage um den Hals. Verwirrt starrte sie Larsens Ballermann an. Als sie jedoch Jerry dahinter entdeckte, schien für sie alles in Ordnung zu sein. Sie erinnerte sich ihrer Pflicht, knöpfte diskret den Mantel zu und wies auf Larsens Waffe. „Nicht nötig, junger

Mann." Dann wandte sie sich an Jerry: „Waren Sie schon beim Chefarzt?"

„Was ist geschehen?", funkte Larsen dazwischen.

„Wer sind Sie überhaupt?", entgegnete sie unwirsch. „Hat der Doktor Ihnen nichts gesagt, Jerry?"

„Ich war noch nicht bei ihm."

„Ach, ich dachte ... na ja, es besteht jedenfalls kein Anlass, diese Spielzeuge hier zu schwingen."

Larsen steckte den Revolver zurück in sein Gürtelholster, ließ die Jacke jedoch offen. Jerry wollte an ihm vorbeigehen, aber Larsen stand im Weg, weil er sich nicht durch die Tür bewegte. „Was ist geschehen?", fragte er wieder.

Die Krankenschwester blickte zögernd zu Jerry. Als dieser nickte, begann sie: „Es war wirklich schrecklich. Sam Jasper scheint den Verstand verloren zu haben. Ich machte meinen Kontrollgang, er schien zu schlafen, bekam auf einmal heftige Schmerzen und Krämpfe. Ich rief sofort den Chef und versuchte, den Patienten zu beruhigen, da hat er mich gebissen ... einfach so! Er muss von Sinnen gewesen sein. Wahrscheinlich eine allergische Reaktion gegen die zahlreichen Spritzen." Sie berührte den Verband an ihrem Hals. „Es ist nicht arg, er schnappte nur einmal nach mir und rannte gleich davon."

„Wo ist der Doktor?"

„Nachdem er meine Wunde besehen und für nicht schlimm befunden hatte, ist er losgezogen, um Sam zu suchen. Ich konnte mich gut selbst verarzten. Sam muss wieder zurückkommen, damit er sich nichts antut."

„Wann ist das passiert? Dieser Biss?", fragte Larsen und betonte jedes einzelne Wort.

„Vor zehn Minuten, einer Viertelstunde vielleicht. Eigentlich hätten Sie dem Chef begegnen müssen. Sind Sie nicht aus dieser Richtung gekommen, Jerry?"

Man sah Larsen eine gewisse Erleichterung an, seine Schultern senkten sich entspannt. „Hat sich der Doktor ebenfalls einen Biss zugezogen?", hakte er nach.

„Aber nein, er war im Labor. Und von einer Verletzung kann man bei mir auch nicht sprechen. Ist bloß ein Kratzer. Sam wollte mir nicht wirklich wehtun."

„… ließ Sie aber bluten."

„Nun gut, ja. Wer ist dieser Mann, Jerry?"

„Weiß nicht genau, Madam." Jerry betrachtete Larsen, der nunmehr hinter der Rezeption stand und den Hörer in der Hand hielt.

„Das Telefon ist tot, junger Mann", rief die

Krankenschwester. „Eigentlich fragt man auch vorher um Erlaubnis, wenn man es benutzen will."

Larsen ging nicht darauf ein und schnauzte etwas in den Hörer, Zahlen oder irgendeinen Code. Einen Moment später konnte er sprechen.

Kurz darauf holten drei seiner Gehilfen sowie zwei Wissenschaftler die Verletzte im Krankenwagen ab. Sie widersetzte sich: „Ich habe doch nichts, und falls doch, wird der Chef sich schon darum kümmern. Ich bin in meinem Beruf ausgebildet und weiß, wann ..."

„Bereiten Sie uns bitte keine Unannehmlichkeiten, Miss!", sagte Larsen mit Nachdruck in seiner Stimme. „Dies geschieht nur zu Ihrem Besten. Sie haben sich wahrscheinlich ein seltenes Virus eingefangen. Wir gehen lediglich auf Nummer sicher und untersuchen Sie genauer. Das ist alles."

Die Krankenschwester bat Jerry um seine Meinung, doch der stand nur peinlich berührt da. „Nun, vielleicht schadet es wirklich nicht, wenn Sie sich von denen durchchecken lassen."

„Gut, wenn Sie meinen. Ich halte das aber alles für einen ziemlichen Unsinn. Und kommen Sie mir jetzt bloß nicht mit der Bahre; ich stehe doch nicht unter Schock."

Larsen nickte einem seiner Mitarbeiter zu, der

die Frau am Arm packte. Sie wurde ungehalten. „Hören Sie, Larsen", versuchte Jerry einzulenken, „es steht Ihnen nicht zu, Zivilisten wie diese Frau herumzuschubsen. Sie kommt doch freiwillig mit und ..."

Larsen machte einen Satz auf Jerry zu, und ich erwartete, dass er jeden Moment zu schreien anfangen würde, stattdessen forderte er ihn ganz ruhig, geradezu höflich auf: „Muldoon, mischen Sie sich in dieser Angelegenheit bitte nicht ein! Es gibt Dinge, von denen Sie keine Ahnung haben."

Jerry entglitten die Gesichtszüge, doch Larsens Sanftmut zeigte Wirkung. Der Sheriff gab nach. „Tut mir leid, Julia. Sie tun wohl besser, was er sagt, bis wir Genaueres darüber wissen, was hier vor sich geht."

Die Schwester schnaubte verächtlich, schlug die Hand ihres Aufpassers weg und stieg allein auf die Trage. Sie wollte dabei Würde bewahren, sah aber eher aus wie jemand, der im Wasser versucht, sich auf den Rücken eines aufgedunsenen Pferdes zu schwingen. Als sie lag, zogen Larsens Schergen ihre Gurte straff, damit sie die Arme nicht mehr bewegen konnte.

„Au! Nicht so fest! Das ist einfach lächerlich. Sie brauchen doch nicht ..."

„Nehmen Sie es einfach hin", riet Larsen. Die

Krankenschwester wurde hinausgerollt und sicher verschnürt hinten in die Ambulanz geladen. Larsen sah dem Wagen hinterher und dann auf seine Uhr. Er senkte den Arm und hob ihn sofort wieder, als habe er beim ersten Mal gar nicht richtig hingeschaut. Seine Lippen bewegten sich, es sah aus, als zählte er leise vor sich hin. Beim Hinausgehen knöpfte er sein Jackett zu, drehte sich aber noch einmal im Türrahmen um und sagte: „Muldoon, falls Sie sich nützlich machen möchten, sehen Sie zu, dass Sie den Doktor finden. Halten Sie ihn unbedingt von Sam Jasper fern. Den werden wir selbst aufspüren. Hoffe ich zumindest." Er wartete keine Antwort ab und ging.

Ich klemmte mich hinters Telefon, wollte unbedingt mit Elston sprechen. Die Zentrale, die eben erst Larsen durchgestellt hatte, plärrte erneut, nur diesmal: „Entschuldigung, Sir, aber alle Leitungen befinden sich außer Betrieb." Ich pfefferte wütend den Hörer auf die Gabel zurück.

Jerry machte sich offensichtlich anderweitig Gedanken, über Dinge, die er laut Larsen nicht verstand. Als Sheriff musste er sich vorkommen wie in Teufels Küche; für einen Zeitungsjournalisten war die Situation auch nicht gerade angenehm.

Ich wollte aufgeben. „Mary, es ist vielleicht

besser, wenn Sie mich auf die Keys zurückbringen."

*

Wir folgten der Pflasterstraße und bogen dann auf den Weg zur Anlegestelle ab. Mary sah mich fragend an, als sie ihre Schritte verlangsamte. Der Zugang war verbarrikadiert und wurde von einem Soldaten mit Waffe hinter dem Zaun bewacht. Mary wurde nachdenklich.

Wir gingen bis zum Tor, wo man uns höflich abwies. „Entschuldigung, Madam, Sir. Bis auf Weiteres ist niemandem erlaubt zu passieren."

Ich wollte etwas sagen, da hatte Mary bereits die Tasche geöffnet und ihren Mitgliedsausweis von der Küstenwache herausgenommen. Sie hielt ihn dem Vertreter der Navy vor die Nase. „Ich brauche das Boot", stellte sie klar.

Der Mann war noch recht jung und relativ unsicher. Er hielt uns einen Augenblick hin, um ins Wachhaus zu gehen. Durchs Fenster beobachteten wir ihn beim Telefonieren. Da er leicht errötet wieder herauskam, hatte er offensichtlich die Leviten gelesen bekommen. „Entschuldigung, aber niemandem ist …" Er brach die auswendig gelernte Phrase ab und grinste gezwungen. „Die sagen, dass Sie hier nicht durchgehen dürfen", erklärte er schließlich kurz und bündig. "Sorry."

"Soll das heißen, dass niemand die Insel verlassen kann?"

"Davon weiß ich nichts, Sir ... nur, dass niemand etwas hinter diesem Tor verloren hat."

"Was um alles in der Welt soll das?" Ich wollte ihm Respekt einflößen und schlug einen herrschaftlichen Ton an. "Quarantäne oder wie?"

"Weiß nicht, Sir. Die Pocken oder so etwas in der Art."

Ich winkte ab. Mary hielt ihm immer noch ihren Ausweis vor, schloss dann aber die Hand zur Faust und resignierte. Ich nickte dem Wachmann zu, er salutierte kurz, und wir gingen unserer Wege.

"Also, falls die Angst vor was auch immer haben", begann ich, "können sie es jetzt bestimmt nicht mehr unter den Teppich kehren. Einfach so die Insel nach außen hin abzusperren, das verlangt nach einer Erklärung."

"Es bedeutet aber auch, dass ihre Furcht größer ist als die Notwendigkeit, die Sache geheim zu halten", schloss Mary.

"Und dass ihnen eher daran gelegen ist, etwas auf Pelican gefangen zu halten, als es vor der Öffentlichkeit zu vertuschen. Ich frage mich bloß: Wie lange noch?"

„Sie werden Ihre Story bestimmt bekommen", ließ sie mich mit einem angedeuteten Lächeln glauben. „Ich habe Sie nicht umsonst herbestellt, Jack. Das wird weltexklusiv, falls man Sie schreiben lässt."

Genau das bereitete mir Sorgen.

Am Strand trafen wir auf eine Traube Menschen. Krabbenfischer und andere Seeleute, außerdem, wie Mary mir erklärte, die Besitzer einiger Läden vor Ort, die über den aktuellen Stand der Dinge debattierten. Obwohl niemand etwas Konkretes wusste, stimmten sie alle dahingehend überein, dass die Regierung sich hier zu weit aus dem Fenster gelehnt hatte. Mürrisch bis aufgebracht, wie sie waren, warfen sie den Wachpatrouillen am Strand böse Blicke zu. Die jedoch wussten mit Sicherheit selbst genauso wenig, woran sie waren.

Jemand verkündete lauthals: „Was die verzapfen, kümmert mich einen Scheiß! Wenn ich morgen früh auf mein Boot steige, hält mich keine Sau davon ab."

Andere schwangen mit *Brennt den Drecksladen da drüben nieder!* oder *Die braucht hier sowieso niemand!* ähnliche Parolen. Von einem Mob konnte man zwar noch nicht sprechen, denn die Männer standen weiterhin isoliert in kleinen Gruppen; doch der einstimmige Zorn ließ es so aussehen.

„Jemand täte gut daran, ihnen eine Erklärung zu liefern", bemerkte ich, „und die muss verdammt stichhaltig ausfallen, ansonsten könnte es schon sehr bald ziemlich ungemütlich werden."

„Ich gehe zu Jerry zurück. Falls man das wirklich offen austragen möchte, sollte er es zuerst erfahren. Kommen Sie mit?"

Ich zögerte. „Nein, ich werde wohl wieder ins *Red Walls* zurückgehen, um meine Notizen zu ordnen, soweit man das überhaupt so bezeichnen kann. Ich sollte sie parat haben, sobald die Leitungen wieder funktionieren oder ein Boot aufzutreiben ist."

Mary verließ mich also, während ich die entgegengesetzte Richtung einschlug. Ich musste an ein paar von den Aufmüpfigen vorbei, begegnete aber keinerlei Widerstand, weil sie in mir nicht den Feind erkannten. Vielleicht hatten sie so weit begriffen, mit wem sie es zu tun hatten, zumal mein Auftreten nicht eben unauffällig geblieben war. Es hatte sich alles zu schnell entwickelt, um überhaupt die Zeit zu finden, eine lesenswerte Geschichte daraus zu stricken. Im Augenblick bedauerte ich das nicht, weil ich mir über etwas ganz anderes Sorgen machte.

*

Welch mieses Spielchen trieb die Regierung hier? Und was war in Jerry Muldoon gefahren, Larsens Leute einfach so mit der Krankenschwester davonfahren zu lassen? Bei einem unberechenbaren Hundefresser konnte man das noch nachvollziehen; wenn jemand tote Tiere roh aß, war ihm ohnehin nicht mehr zu helfen. Aber eine Mitbürgerin? Was maßten sich diese Typen an?

Um diese und ähnliche Themen kreisten die Gespräche im *Red Walls*, begleitet von deftigen Schimpfwörtern. Die Meute stachelte sich selbst an, suhlte sich in Verbitterung und ließ ihrer Empörung freien Lauf. Man labte sich an den derben Beleidigungen gegen die Missetäter wie an fettigem Essen.

„Der Punkt ist nicht, dass die vielleicht gute Doktoren da drin haben; auch nicht, dass die sie mitgenommen haben, damit man sich richtig um sie kümmert; nein, der Punkt ist: Jerry hat die einfach machen lassen!"

Eine üble Atmosphäre herrschte im Raum, obwohl das Verhalten bei dieser Klientel vielleicht gang und gäbe war. Ich wollte eigentlich sofort auf mein Zimmer gehen und die Bar meiden, hörte die laute Unterhaltung aber bereits in der Tür und kam auf eine Idee. Vielleicht warf die Debatte ja ein wenig Stoff für meinen Artikel ab.

Ich ging also nicht die Treppe hinauf, zögerte jedoch erst einmal am Eingang zur Kneipe, da ich mich noch nicht hundertprozentig entschieden hatte.

Die Bar war so etwas wie das inoffizielle Bürgerforum geworden. Solche Orte stellen erfahrungsgemäß einen idealen Nährboden für Selbstjustiz, und ein Schlag Menschen wie diese war mir bisher noch nicht untergekommen. Ich kannte ja bereits das Gerede von alten und noch härteren Zeiten; dabei reichte mir die Gegenwart vollkommen, diese Männer mit ihren Taschenmessern, den scharfen Äxten an den Gürteln und ihrer von Wind und Wetter gegeißelten Haut, unter der sich die Adern abzeichneten. Unsicher, ob ich willkommen war, schaute ich von der Tür aus hinein. Zwölf Männer saßen verstreut an der Theke, hinter der sich eine Frau mit Netzstrümpfen und einem blauen Auge in Pose geworfen hatte.

Ein stämmiger Kerl mit Bart donnerte: „Von wegen, wir dürfen nicht auf unsere Schiffe … so eine Sauerei! Die gehören doch uns!"

„Das hat nichts mit dem Gesetz zu tun, das ist nur ungerecht!"

„Politiker!", rotzte ein dünner Mann mit langem, schwarzem Pferdeschwanz und einer Narbe an der Wange. „Scheiß Politiker! Drecksäcke ohne Ende! Wären die nicht korrupt, könnten sie sich die Karriere abschminken. Logisch, oder? Wenn wir denen aber nur *einmal* gegen den Strich gehen, brummen sie uns irgendein Gesetz auf, dass wir uns wie Verbrecher fühlen müssen."

„Die da sind doch gar keine Politiker!"
„Bastarde trotzdem!"

Der Wirt pflichtete diesem Freibeuter-Sokrates bei und nickte, als er meiner in der Tür gewahr wurde. Da er meine Unsicherheit bemerkte, winkte er mich zur Theke. Die anderen sahen seine Geste und drehten sich zu mir um. Schweigen, Glotzen, eindringlich und kritisch. Ich wusste nun, wie jener Räuber sich gefühlt haben musste, als ihm ein ähnlich rauer Wind entgegenblies. Eigentlich sahen sie nicht aus, als wollten sie mir ans Leder, doch zweifellos wäre jeder Einzelne von ihnen ohne viel Aufhebens dazu bereit gewesen.

Ich trat an den Tresen, woraufhin der Wirt gleich zu mir kam, als sei ich ein Bruder im Geiste. Mir war klar und gleichzeitig auch peinlich, dass er mir auf diese Weise ein angenehmes Gefühl vermitteln wollte. Wären meine Nerven mit mir durchgegangen, ich wäre geliefert gewesen. Statt gleich den erstbesten Platz von der Tür aus einzunehmen, ging ich an der ganzen versammelten Mannschaft vorbei und gab ihnen damit quasi eine Steilvorlage. Die Frau lachte und trat zum Scherz nach mir aus. Der Wirt hingegen kreuzte meinen Weg, machte also einen Rückzieher in die entgegengesetzte Richtung. Dass er sozusagen die gleiche Bewegung wie ich vollzog, bloß spiegelverkehrt, fand ich ulkig. Er nannte mich beim Namen und bot mir das Übliche an, um das Eis zu brechen. Die Rotte entspannte sich. Man zeigte zwar nicht, dass man meine Anwesenheit begrüßte, erkannte aber zumindest, dass ich neutral war. So musste sich ein Schweizer im Ausland vorkommen. Der Bärtige nickte zuerst, dann sein Nebenmann und schließlich der Philosoph. Die Kopfbewegung setzte sich durch die Reihe fort wie eine sanfte Welle. Mehr Beachtung schenkten sie mir aber nicht.

Ich stand nun am Ende des Tresens bei der Treppe, hörte ihnen zu und fragte mich, ob ich eine Runde ausgeben sollte oder ob ich dadurch meine Neutralität aufgab. Der Barkeeper erwies sich einmal mehr als Verbündeter, indem er immer schön darauf achtete, dass mein Glas voll war. Die Frau warf mir einen scheuen Blick zu, der im Gegensatz zu dem Veilchen und ihrer liederlichen Art ehrlich verzückt wirkte. Allmählich bahnte sich ein Stimmungswechsel unter den Trinkenden an, die zwar abrupt aufbrausen konnten, aber eher so gestrickt waren, dass ihr Zorn einen flüchtigen Charakter besaß.

„Aufgepasst!", verschaffte einer sich Gehör, indem er mit der flachen Hand auf die Theke patschte. „Hört mal: Was hätten *wir* getan, wenn der Hundefresser hier aufgekreuzt wäre?"

„Mann, das wäre ein Ding gewesen ..."

„Gezeigt hätten wir ihm, wie man hier mit Hundefressern verfährt, was?"

„Ach ja, wie in den guten alten Zeiten!", krakeelte ein alter Seefahrer freudig.

Diese Typen waren unleugbar die Nachfahren der Strandräuber. Sie lachten einhellig und kippten ihre Getränke, wobei sie abwechselnd obszöne Bemerkungen über die Frau fallen ließen; allerdings war auch sie nicht auf den Mund gefallen. Schließlich löste die Aggression sich völlig in ausgelassener Feierstimmung auf, wie auf Regen stets Sonnenschein folgt. Ihre Hochstimmung deprimierte mich noch mehr als der verflogene Groll. Nach meinem zweiten Drink hatte ich genug und ging auf mein Zimmer.

Selbst dort hörte ich sie immer noch durcheinanderreden. Ihre Lacher stachen als unvermittelte Ausbrüche inmitten des steten Gemurmels hervor. Sie fantasierten offenbar immer noch, was sie alles mit einem Mann anstellen wollten, der Hunde aß. Nicht die Spur Mitleid hätten sie mit einem solch bedauernswerten Menschen gehabt. Ich stellte mir vor, wie die Räuber von einst ähnliche Witze über ihre Opfer gerissen hatten, die unter ihren Knüppeln gezittert und um Gnade gefleht hatten. Gleichzeitig, so wusste ich, hätten diese Kerle sich ohne Schuldbewusstsein mit ihrer Beute auf die Socken gemacht; nach Hause zu ihren liebevollen Ehefrauen und den glücklichen Räuberkindern.

*

In meinem moralischen Tief dämmerte ich dahin und wachte erneut unter wackelnden Wänden auf. Wie kranke Lungenflügel schienen sie jeden Augenblick zusammenzufallen. Rührte der Eindruck etwa von meinem Herzklopfen her? Aus der Ferne hörte ich so laute Rufe, dass ich auffuhr. Fiebrig entbrannte die Angst in mir. Dann bildete ich mir ein, dass das Geräusch aus dem Erdgeschoss kam und wie Flammen durchs Gebälk des Hauses nach oben züngelte. Ein wütender Schrei, dann ein Scheppern. Noch ein Schrei, der zu einem Brüllen anschwoll. Der einstweilige Spaß war wohl wieder zum Ernst geworden. Gewaltbereitschaft richtet sich oftmals gegen sich selbst, und zwar mit besonderer Vehemenz. Diese rauen Männer wussten sich eben nur beschränkt auszudrücken, weshalb sie ihrer Frustration manchmal nur mit dem Holzhammer Erleichterung verschaffen konnten.

Der Lärm kam von einer Sekunde auf die nächste zum Erliegen. Kein langsames Abebben, kein schrittweises Abklingen vom Tumult zur Totenstille, die in ihrer Vollkommenheit selbst zum Geräusch, zu einem kosmischen Dröhnen wurde. In diesem Schwebezustand klingelten mir die Ohren. Ausschreitungen enden normalerweise nicht so schlagartig. Ich ging hinunter. Auf der Galerie beugte ich mich über das Geländer und spähte in die Kneipe. Die Männer standen im Kreis und schauten auf irgendetwas, das in ihrer Mitte am Boden lag. Der Wirt stand mit einem zerbrochenen Prügel in seiner Faust im Hintergrund, während die Frau an der Theke lehnte und sich an den Hals fasste. Niemand bewegte sich. Ich wartete mit stockendem Atem und wusste genau, dass es im Zentrum des Kreises etwas Unerhörtes zu sehen gab, auf das ich eigentlich nicht aus war. Ich verspürte einen starken Drang, wieder zurück ins Zimmer zu schleichen, aber meine Muskeln versagten mir den Dienst; die Beine schienen wie angewurzelt, die Hände wie ans Geländer getackert.

Der schwere Bärtige bewegte sich. In seiner Hand blitzte etwas Silbernes auf, mit roten Flecken. Er führte die Hand zur Hosentasche und trat zur Seite. Ein weiterer Mann entfernte sich, und so ging es weiter. Der Kreis löste sich wie von einer inwendigen Erschütterung zerbrochen auf. Als alle gewichen waren, sah ich den reglosen Kern am Boden liegen, als hätte er sie abgestoßen, damit sie wortlos den Ausgang suchten. Eine Blutlache wie aus geschmolzenem Wachs, darin ein Körper als Fossil, umschlossen von rotem Bernstein – Sam Jasper.

Die Frau strauchelte auf dem Weg hinaus, ihre Hand immer noch am Hals. Der Wirt blieb allein zurück und klammerte sich weiterhin an seinen Prügel, um nicht im Sog der Unwirklichkeit unterzugehen. Er war so bleich, dass man glauben konnte, er hätte ebenfalls sein Blut am Boden vergossen.

Endlich konnte ich mich wieder bewegen, meine Beine schlotterten, als ich die letzten Schritte in den Raum hinein tat, wo der Wirt mich sofort ansprach. „Ich weiß nicht", sagte er immer wieder.

Ich wollte nicht zum Leichnam sehen und fasste das Telefon ins Auge. Der Wirt folgte meinem Blick und ging zum Hörer. Ich trat nach vorn und blieb gleich wieder stehen, als er mir entgegenkam. Ein Außenstehender mochte dies als Ritualtanz zur Beschwörung von Höllengeistern interpretieren. Der Prügel diente meinem Gegenüber als Taktstock, mit dem er die lautlose Musik zum Tanz dirigierte. Dann geriet er aus dem Takt und stützte sich gesenkten Hauptes auf den Tresen.

„Jasper ... aber wie jemand ganz anderes", fing er stockend an. „Nachdem er reinkam, hat irgendwer gefragt, wie es ihm geht, doch er hat nicht geantwortet. Sein Mund ist offen gestanden, nichts ist rausgekommen, nicht einmal Speichel. Dann hat er sich ohne Eile genähert, lässig irgendwie. Er hat nicht schwach auf den Beinen gewirkt, sondern eher so, als ob er gerade wieder das Laufen lernen würde." Der Mann würgte die Worte krampfhaft heraus, als wären sie Gift für seinen Körper. „Die Fingernägel ... die Zähne ... wie bei einem Tier. Zuerst hat niemand etwas unternommen, weil er für uns bloß der alte Sam war."

Ich nickte und dachte daran, wie überfordert diese Kerle mit der Situation gewesen sein mussten, als sie so mit dem Absonderlichen konfrontiert wurden, so überfordert, dass sie nicht sofort den Holzhammer geschwungen hatten.

„Dann hat er Sally gepackt, die gleich auf die Theke gesprungen ist. Sam hat sie am Knöchel gefasst und runtergezogen, sie ist mit dem Rücken gegen die Kante geschlagen und hat geschrien, was die anderen schließlich zum Einschreiten veranlasst hat. Alles wegen Sally! Hätte sie sich nicht bewegt, wäre Sam gar nicht auf sie angesprungen. Aber als sie hochgeklettert ist ..."

Er stierte nun eindringlich, als ob er sich rechtfertigen wollte. Ein Übergriff auf das schwache Geschlecht hatte die Männer aus ihrem tatenlosen Schockzustand gerissen. Es war ein vertrauter Impuls für sie gewesen, auf den sie wie gewohnt reagieren konnten. Ich verstand und nickte erneut.

„Er war so kräftig", beteuerte der Wirt staunend. „Ein alter Mann und *so kräftig!* Sam hat die Jungs durch die Gegend geschmissen und mit den Zähnen nach ihnen geschnappt. Ich hab ihm eins übergebraten, hiermit." Er hielt den Prügel hoch. „Ich habe das Ding auf seinem Kreuz kaputt geschlagen, doch er hat es nicht einmal gespürt." Er ließ das Kleinholz aus seiner Hand auf die Theke gleiten und sprach mit belegter Stimme weiter. „Plötzlich war ein Messer im Spiel. Wer damit angefangen hat, weiß ich nicht ... irgendjemand. Und dann haben sie plötzlich alle ihre Klingen gezückt und auf Sam eingestochen, wie Besessene. Wie Haie im

Blutrausch. Vielleicht haben sie auch zu viel Angst gehabt, um eher aufzuhören. Und Sam schien die Stiche gar nicht zu fühlen. So ist es immer weitergegangen, bis er endlich in die Knie gegangen ist. Überall war Blut. Als Sam sich nicht mehr geregt hat, haben sie endlich von ihm abgelassen." Der Wirt packte meinen Arm. „Und da setzt er sich doch tatsächlich aufrecht hin!"

Ich zuckte zusammen, als hätte mir seine Schilderung wie ein Messer ins Hirn gestochen. Ich schwitzte, kondensierte Furcht drang durch meine Poren.

„Da hockte der alte Sam nun", fuhr er fort. „Er ließ den Unterkiefer hängen, bevor er wieder zusammensackte. Dabei konnte er doch kein Blut mehr im Leib haben! Und trotzdem ..."

Welch ungeheure Verbissenheit musste Sam Jasper getrieben haben, dass er sich in seinen letzten Zuckungen derart gegen den Tod aufbäumen konnte. In der Umklammerung schauderte ich mit dem Wirt um die Wette. Schließlich wich er meinem Blick aus. „Sie sind gegangen", sagte er, als sei ihm gerade erst aufgefallen, dass wir nur noch zu zweit waren. „Alle fort."

Hier war ein Mord geschehen, und keiner der zuvor Anwesenden hatte auf mich gewirkt wie jemand, der auf Notwehr plädiert oder sich gerne einem Gerichtsverfahren unterworfen hätte. Und sie wären auch nie wie die Krankenschwester mit in die Sperrzone gegangen.

„Das hatte rein gar nichts von der guten alten Zeit", fand der Wirt. Er ließ mich los, ging hinter die Theke und machte vor dem Telefon Halt. Dann drehte er sich wieder um und verschwand durch die Tür. Ich wartete einige Minuten und nahm den Hörer selbst ab.

*

Zehn Minuten später stand Larsen auf der Matte. Ich wäre nie auf die Idee gekommen, Jerry Muldoon anzurufen, obwohl er rein vom Gesetz her zuerst von Jaspers Tod hätte erfahren müssen. An meinen Artikel dachte ich auch nicht mehr, dazu war ich viel zu aufgewühlt. Larsen war hier der Schlüssel.

Zudem hoffte ich inständig, dass Mary Carlyle nicht mit irgendwelchen Neuigkeiten in der Bar auftauchte. Sie hatte Sam Jasper sehr gemocht, doch dieses Ding am Boden, diese Fleischmasse in rotem Aspik, das war nicht mehr er. Schlimmer noch: Nicht einmal kurz vor dem Tod war er es gewesen. Ich hätte Mary nie erzählen können, was sich hier abgespielt hatte. Larsen hingegen schon, denn auf seine Art war er selbst ein Toter.

Hinter dem Tresen goss ich mir ein großes Glas Brandy ein und hatte es bereits halb intus, als der Sicherheitschef antanzte, gefolgt von sechs Helfern, die sich die Leiche anschauten, während er selbst zu mir kam. „Es war richtig von Ihnen, mich anzurufen."

„Einen Drink?", fragte ich.

Seine kalten Augen loderten kurz auf.

„Der Barkeeper ist bereits gegangen", erklärte ich ihm.

„Ich brauche Ihre Hilfe, Harland."

Da er nicht abgelehnt hatte, schenkte ich ihm ein. Während unserer ersten Begegnung hatte er ganz langsam ein Bier getrunken, aber nun stürzte er den Alkohol mit einem Ruck in sich hinein.

Seine Handlanger hatten Plastikhandschuhe übergezogen und trugen Jaspers Überreste auf einer Gummimatte nach draußen. Ich hörte es leise schmatzen, als einer mit seinem Schuh in die gerinnende Blutlache trat, obwohl alle sichtlich bemüht waren, jeden Kontakt mit dem Blut zu vermeiden.

„Und wie soll die aussehen?"

„Die Männer, mit denen er gekämpft hat … die ihn umgebracht haben. Sie müssen sie identifizieren."

„Ich sagte Ihnen doch, dass ich den Kampf nicht gesehen habe."

„Gut, dann eben diejenigen, die sich vorher hier aufhielten."

„Ich weiß nicht, ob ich kann. Ich bin fremd auf dieser Insel."

„Sie müssen kooperieren."

„Es ist keine Frage des Wollens. Ich weiß eben nicht, ob ich dazu in der Lage bin, da ich keinen von ihnen namentlich kenne oder ..."

Er würgte meinen Einwand mit einer Kopfbewegung ab. „Verstehe schon. Sie können nicht alle in Schutz nehmen, aber von einer Anklage wegen eines Vergehens ist sowieso keine Rede. Es geht nicht um Bestrafung. Die Leute hier haben ihren eigenen Kopf. Sie würden sich niemals freiwillig stellen, weshalb wir sie suchen und finden müssen. Und zwar alle! Ausnahmslos! Sie haben sich wahrscheinlich versteckt, weil sie sich des Mordes schuldig fühlen oder ..."

„Schuldig? Also, wenn auf dieser Insel jemand die Schuld für irgendetwas trägt ..."

„Schießen Sie nicht quer!", mahnte Larsen, nahm die Brille ab und rieb sich die Augen. Zum ersten Mal sah er mich ohne seine Gläser an, was ihn gleich etwas menschlicher wirken ließ. „Kommen Sie mir nicht mit Schuld! Ich schätze, dass alle, die an dieser Sache arbeiten, das

Gefühl sehr gut kennen. Manchmal, Harland, manchmal fühle ich mich so schuldig, dass ich mir dabei vorkomme wie unter einer Glocke. Was immer ich dann gerade tue, ich muss mich unterbrechen und tief durchatmen. Dabei erreiche ich nichts weiter, als die Schuld noch gründlicher aufzusaugen. Sie fährt mir in die Brust und wuchert in mir. Ich bin kein Roboter, Harland, auch wenn Sie oder andere mich dafür halten mögen. Ich sehe mich als Patrioten, allerdings ohne weiße Weste. Und jetzt ... jetzt müssen wir tun, was in unserer Macht steht." Er setzte die Brille wieder auf, wie um sich dahinter zu verstecken. Dann drehte er an seinem leeren Glas und wartete auf meine Reaktion.

„Ich kann bloß wiedergeben, was mir der Wirt gesagt hat."

Larsen wurde sichtlich ungeduldig.

„Er, also Sam Jasper, hatte Bärenkräfte und war ganz neben der Spur. Als sie auf ihn einstachen, schien er es gar nicht zu spüren. Er ..."

„Ich weiß, wozu *sie* fähig sind!", herrschte Larsen mich an.

„Sie?"

„Können Sie mir sagen, ob jemand von denen Verletzungen davongetragen hat?" Meine Frage überging er.

„Nein. Aber Sam hat sich heftig gewehrt, und

er hat eine Frau angegriffen. Dass er dabei jemanden verwundet hat, ist natürlich nicht ausgeschlossen."

Larsen stöhnte, nickte wieder und wies mich an: „Beschreiben Sie mir jeden einzelnen Mann, der in diesem Raum war, so detailliert wie möglich. Sobald wir sie haben, führen wir sie nacheinander vor, damit Sie sie identifizieren können. Wir müssen sie finden, und zwar innerhalb der nächsten paar Stunden."

„Ist das überhaupt möglich?"

„Wir müssen es versuchen."

„Und was dann?"

„Die Freiheit, das mit Ihnen zu erörtern, habe ich nicht. Gehen wir also einfach davon aus, dass es uns gelingt, denn falls nicht ... na ja, dann werden Sie es erfahren wie jeder andere hier auch. Gefallen wird es niemandem."

„Diese ... Krankheit, dieser Wahnsinn ... ist ansteckend, nicht wahr?"

„Aber sicher doch, verflucht! Sie haben ja selbst gesehen, was passiert ist!"

„Sie müssen diese Männer also rechtzeitig einsammeln, um sie zu behandeln. Mit einem Gegengift, durch Impfung oder was auch immer."

„Sie verschwenden unsere Zeit, Harland!"

„Ich möchte nur sichergehen, worauf ich mich einlasse, wenn ich Ihnen helfe, Larsen."

„Ich wiederhole: Niemand wird Anklage erheben. Reicht das?" Er schaute auf die Uhr. „Bitte!", hängte er relativ leise an.

„Also gut, ich werde mich nützlich machen, so gut es geht."

„Mehr erwarte ich nicht. Wir fahren sofort hinauf zu unserem Gelände. Die Personenbeschreibungen diktieren Sie mir auf dem Weg. Meine Leute machen bereits die Stammkunden dieser Bar ausfindig." Einer von Larsens Handlangern trat vor uns hin und erwartete weitere Anweisungen. „Beseitigt die Blutspuren! Gründlich! Danach wird das Gebäude versiegelt." Dann wandte sich Larsen wieder an mich: „Also los, kommen Sie!" Er fasste mich am Arm, als wollte er mir die Dringlichkeit der Lage bewusst machen. „Womöglich werden wir alle bei dieser Sache draufgehen, Harland, oder diese Insel nie mehr verlassen. Und glauben Sie mir: Mit einem Tropenparadies hat sie dann nichts mehr zu tun!"

Benommen folgte ich ihm hinaus.

*

Während ich wie ein Häufchen Elend in einem kahlen Raum saß, dampfte vor mir schwarzer Kaffee in einer großen Tasse. Die Männer und die Frau hatte ich beschrieben, soweit ich mich an sie erinnern konnte. Dabei war ich meiner eigenen Ansicht nach jämmerlich gescheitert, obwohl Larsen sich zufrieden gezeigt hatte. Ich wäre nicht überrascht gewesen, hätte er über jeden einzelnen Bewohner von Pelican Kartei geführt. Gelegentlich nickte er, als käme ihm selbst jemand in meinen Ausführungen bekannt vor. Irgendwie hatte die Situation auf dem Rücksitz des Wagens, wo ich ihm diese Gedanken anvertraute, etwas Intimes an sich. Als ich die Frau erwähnte, wusste er sofort: „Das muss Sally sein, die Kombüsenhilfe auf See ... die Schiffshure." Auch dem Mann mit dem Bart und dem wortreichen Langhaarigen wusste er Namen zuzuordnen. Bei mehreren anderen hingegen achtete ich nicht weiter darauf, weil ich wahrscheinlich nicht wollte, dass diese Menschen eine Identität bekamen und damit zu Einzelpersönlichkeiten wurden, die ich angeschwärzt hatte. Mein Wissen ließ zu wünschen übrig, und meine Erinnerung an besondere Einzelheiten blieb verschwommen, weil ich vollkommen von der Rolle war. Dennoch trotzte Larsen mir in dunkler Zweisamkeit auf der Rückbank mehr vermeintliche Fakten ab, als ich eigentlich in der Hand zu haben glaubte. Als wir im Sperrgebiet eintrafen und vor dem Hauptkomplex, einem

Parterrebau mit Seitenflügeln, anhielten, war mein Informationspool leer gewesen, und Larsen hatte mich in das kalkweiße Zimmer geführt, in dem ich nun hockte.

Seine Helfer waren ebenfalls nicht untätig gewesen und brachten die Einheimischen bereits herein, kurz nachdem ich mich niedergelassen hatte. Larsen stand hinter mir am Tisch und bewegte den Hals einer Schwanenhalslampe, deren Birne einen gleißenden Kegel gegen die Wand warf, rauf und runter. Wenn Larsen sich nach vorne beugte, blendete mich sein helles Gesicht fast. Hinter zurückgezogenen Lippen blitzten seine Zähne in perfekt symmetrischer Anordnung. Allein die dunklen Adern am Hals dimmten diese entsetzliche Leuchtkraft ein wenig. Lehnte er sich zurück, verschwand sein Kopf wieder in der Dunkelheit.

Einen nach dem anderen führte man vor, stets in Begleitung zweier Bewacher; ein weiterer Posten stand ohnehin an der Tür. Die Männer waren zornig und durcheinander, weil man sie vermutlich entweder aus dem Bett geholt oder in irgendeiner Kneipe aufgegabelt hatte, ohne ihnen den Grund für die Festnahme zu nennen. Die kubanische Bedienung des *Fisherman's Café* gehörte zu den ersten Verdächtigen. Der Kerl sah verdrossen und geknickt aus, während andere, die möglicherweise von den jüngsten Ereignissen bereits Wind bekommen hatten, sich geschickter anstellten und mich rundheraus anstarrten, dass ich mich fühlte wie der niederträchtigste Verräter. Ich schreckte aber zu keiner Sekunde zurück oder wich ihren Blicken aus, weil ich von der Notwendigkeit dieser Fleischbeschau überzeugt war, obwohl das Gehabe eher nach Geheimpolizei aussah.

Einigen dieser Leute war ich bereits begegnet, allerdings nicht im *Red Walls*. Die Lampe warf lange Schatten und verfremdete ihre Züge. Ich sprach niemanden an, doch alle stierten böse zurück; vielleicht erkannten sie mich aber auch wegen des blendenden Lichts überhaupt nicht. Da ich bei jedem Einzelnen den Kopf schüttelte, seufzte Larsen. Ich sollte ihm schließlich nur diejenigen herauspicken, die im *Red Walls* gewesen waren, und so freute ich mich jedes Mal umso mehr, wenn ich jemanden *freisprechen* konnte.

Dann jedoch brachten sie einen alten Mann herein, den mein Gedächtnis den Zechern aus der Bar zuordnete. Mit bangem Gesichtsausdruck erwartete der Kerl, der so leutselig über die gute alte Zeit geschwelgt hatte, seine stille Inquisition. Ich zögerte und bemerkte, wie gleichzeitig Larsen neben mir stutzte. Der Alte blinzelte direkt in den Lampenstrahl, und noch immer wusste ich nicht, ob man mich dahinter ausmachen konnte. Wenigstens meinen Kopf und die Umrisse musste man aber eigentlich sehen und damit auch merken, wenn ich nickte.

Larsen schien meine Unschlüssigkeit zu spüren und richtete die Lampe höher aus, sodass der Schatten des Mannes schief und kantig auf die Wand hinter ihm fiel. Die schwarzen Schemen schienen mehr Substanz zu haben als die Gestalt, von der sie ausgingen. Im Dunkel dieses Raumes schwebte eine Wahrheit, die kein Licht der Welt erhellen konnte.

Schließlich kam meine erwartete Kopfbewegung.

Der Alte erstarrte, als der Sicherheitschef sich ruckartig zu mir drehte. Ich nickte ein zweites Mal, und Larsen warf seinen Wachleuten einen Blick zu, die den Mann sofort an den Armen packten und abführten. Er protestierte mit wimmernder Fistelstimme. Nun fühlte ich mich wirklich dreckig, was Larsen scheinbar mitbekommen haben musste, denn er legte mir seine Hand wie zur Ermutigung auf die Schulter. Und um die humane Absicht dieser Geste zu unterstreichen, nahm er kurz die Brille ab.

Der nächste Verdächtige folgte; bei ihm, sowie einem weiteren, musste ich ebenfalls nicken.

Insgesamt vierzig bis fünfzig Personen wurden mir vorgeführt, jedoch waren nur drei davon tatsächlich in der Kneipe gewesen. Weder den Bärtigen noch seinen Kollegen mit dem Pferdeschwanz hatte man gefasst, und auch die Frau und der Wirt waren ausgeblieben. Allerdings hatte man sie wahrscheinlich gar nicht gesondert in der düsteren Kammer antreten lassen, sondern war ihnen auch so auf die Schliche gekommen, weil ich sie relativ ausführlich beschrieben hatte.

Dieser nicht abreißen wollende Strom von ... ja, wovon überhaupt? Mutmaßlichen Mördern? Opfern? Infizierten? Diese Reihe gepeinigter Schatten an der Wand fand letztlich doch ein Ende. Im ersten Aufwasch hatten Larsens Schergen die Arglosen und Unschuldigen kassiert, während die eigentlichen Beteiligten aller Wahrscheinlichkeit nach bereits in der Versenkung verschwunden waren. Aus gutem Grund. Ein Mord war geschehen. Ein unbewaffneter, alter Mann war von einem Mob niedergestochen worden, dem der Sinn nicht danach stand, sich für diese Tat zu verantworten. Die bizarren Aspekte des Vorfalls hatten diese Menschen verunsichert, doch ließ man die Bluttat selbst außer Acht, blieb immer noch die Krankenschwester, die unter ähnlich nebulösen Umständen auf dem unbekannten Terrain hinter der Absperrung verschwunden war. Man war zweifellos nicht sonderlich erpicht darauf, sich der Entscheidungsgewalt der Autorität zu unterwerfen; und falls doch, so lief den Flüchtigen die Zeit davon. Ich machte ihnen keinen Vorwurf dafür, dass sie untergetaucht waren. Andererseits schwelte unterdessen die Krankheit.

„Wie lange dauert es?", fragte ich.

Seit zehn Minuten war niemand mehr angeschleppt worden. Ich saß allein mit Larsen am Tisch; nur der Wachmann an der Tür stand mit dem Rücken zu uns da, hielt die Hände verschränkt und schaute den Flur hinunter.

„Was?"

„Die Krankheit! Wann bricht sie aus?"

„Das ist nicht ..."

Larsen beugte sich nach vorn und offenbarte mir so wieder sein Gesicht, als stünde nun seine Identifikation durch mein gefürchtetes Nicken an.

„Ist es nicht ein wenig zu spät, um klassische Informationsbeschaffung zu betreiben? Ich weiß Ihre Hilfe zu schätzen, Harland. Die Inkubationszeit ... also, das hängt davon ab, wie schwer der Infizierte ist und in welcher körperlichen Verfassung. Weniger fällt die Stelle ins Gewicht, an der die ... Krankheitserreger ... eingedrungen sind. Im Schnitt dauert es ungefähr drei Stunden."

„Nicht länger?"

„Nicht länger", bestätigte er, während er die Schatten an der Wand mit der Lampe tanzen ließ, indem er ihren langen Hals mit seinen starken Händen herumschwenkte. Ich nahm meine Pfeife hervor und stopfte sie geruhsam. Er drehte die Lampe und sah, wie ich das Kraut einfüllte und anzündete. Dann blies ich eine Rauchwolke in den Raum, die dicht über uns hing. Sie erinnerte mich an Larsens Vergleich: seine Schuld als erstickender Schleier. Der wabernde Dunst zog filigrane Schlieren an der Mauer. Schatten bloß, die sich auflösten; so hartnäckig wie die Schuld waren sie nicht.

Larsen machte sich an der Lampe zu schaffen, als wollte er jemanden damit strangulieren.

„Muss hochgradig ansteckend sein", bemerkte ich.

„Eine derart aggressive Krankheit hat die Welt bislang nicht gesehen ... sollte sie besser auch nicht, aber wir haben sie hier erschaffen."

„Worum genau handelt es sich eigentlich? Ein Virus?"

„Eine Chemikalie."

Da war es wieder: *Chemikalien, die das Gehirn umkrempeln.*

„Wenn es ein künstlicher Stoff ist, wie kann man sich damit anstecken?"

Larsen drehte seinen Kopf in verschiedene Richtungen und ließ seine Halswirbel deutlich hörbar knacken. „Ich kann es mir nicht erklären, aber es ist Fakt." Das Licht, das sein angespanntes Gesicht zurückwarf, schien unmittelbar aus seinem Schädel zu kommen. „Man infiziert sich sofort beim ersten Kontakt. Kein Vergleich etwa zur Pest, um nur ein Beispiel zu nennen. Aber es wird sich nicht zur Epidemie auswachsen und die Erdbevölkerung dezimieren. Gott sei Dank! Allerdings verhält es sich viel heimtückischer, denn es betrifft ..." Er schien nach den passenden Worten zu suchen. „... die Persönlichkeit direkt." Einem nach außen hin kaltherzigen Mann wie Larsen war dieses Wort offenbar über alle Maßen verhasst. „Es geht über die Prinzipien einer bloßen Krankheit hinaus, Harland. Es schürft tiefer: in den Niederungen von menschlichem Aberglauben und dem Reich der Mythen, das unsere Urängste reflektiert." Seine Wangen schlotterten wie nach einer harten Ohrfeige. Er sah nicht gesund aus. „Diese Menschen ... also, wer den Erreger überträgt, besitzt dem offiziellen Wortlaut gemäß einen *modifizierten Hormonhaushalt*, aber insgeheim nennen wir sie *Ghouls*."

Ich zuckte zusammen.

„Ein hässliches Wort, ich weiß, aber zumindest kein Fachchinesisch. Sie sollten diese Wesen sehen! Zuerst haben lediglich die Wärter und Wachleute diesen Ausdruck gebraucht, aber später hielten ihn auch die Wissenschaftler für angemessen. Ich verwende ihn ebenfalls, und Sie ..."

Bemerkte ich hier tatsächlich die Spur eines Lächelns?

„Zweifelsfrei werden auch Sie ihn in Ihrer Story benutzen ..."

„Sie wissen also, wer ich bin?"

„... falls Sie jemals dazu kommen sollten, sie zu schreiben."

Ich stieß Rauch aus, der sich seitlich über der Tischplatte ausbreitete und an der Lampe zerstob wie Wolken, durch die der Mond schien. „Wie schnell muss das Gegengift verabreicht werden?"

Larsen sah mich verständnislos an. Seine Zähne zeigten sich zwischen den schmalen Lippen, ehe er das Licht ausknipste und aus dem Zwielicht heraus antwortete: „Selbst ich habe nicht die Befugnis, das zu erfahren. Ich weiß nur, dass wir sie schnappen müssen, ehe dieses höllische Gebräu seine Wirkung entfaltet." Er schaute nach unten, und ich sah, wie das Ziffernblatt seiner Uhr kurz aufleuchtete. Dann erhob er sich und ging um das Kopfende des Tisches herum. „Ich glaube, wir werden es nicht schaffen. Ich habe einige Vorkehrungen zu treffen. Wenn Sie bitte hier warten würden, Harland. Kann sein, dass man Ihnen noch weitere Verdächtige vorführt, ehe alles zu spät ist."

„Sicher." Ich gab mich einverstanden.

Er nickte und ging an dem salutierenden Wachmann vorbei. Seine Schritte auf dem Flur klangen dumpf. Um seine Aufgabe – diese *Vorkehrungen*, wie er es genannt hatte – war er nicht zu beneiden.

Meine Pfeife hatte keinen Zug mehr. Ich zündete sie mit einem frischen Streichholz an, und wie auf Kommando trat die Wache in den Raum. Ich hatte eigentlich erwartet, der Typ sei mir zum Aufpasser anbefohlen, doch er fragte mich mit angemessener Höflichkeit: „Was wird nun geschehen, Sir?"

Als ich ihn überrascht anschaute, wurde er verlegen; er war noch jung.

„Oh, ich weiß schon, Sir. Streng geheime Informationen gehen mich nichts an. Aber ... Sie verstehen sicher, an einem Ort wie diesem arbeitet man nicht, ohne ein ziemlich klares Bild davon zu erhalten, was sich abspielt. Zudem macht meine Frau sich bestimmt Sorgen, da ich sie nicht mehr anrufen kann. Ich möchte einfach nur wissen, für wie lange man die Quarantäne verhängt hat."

Ich schloss aus den Aussagen des Wachmannes, dass niemand dem Kerl die Situation erklärt hatte, nachdem Larsen so rasch mit mir hier eingefallen war. Man verschwieg dem Fußvolk alle wichtigen Informationen. Der junge Mann glaubte wahrscheinlich, ich gehörte zu ihnen, was in meinen Augen kein so abwegiger Fehlschluss zu sein schien, da Larsen und ich auf Augenhöhe zusammengearbeitet hatten. Der Sicherheitschef selbst war sogar so vertrauensselig gewesen, die Identifikation der mutmaßlich Befallenen in meine Hände zu legen. Der Wachmann sah in mir also möglicherweise einen Spezialisten, der die Symptome der Krankheit noch *vor* dem eigentlichen Ausbruch erkannte.

„Ich komme soeben aus dem anderen Labor", behauptete ich. „Aber ich war zu sehr in Eile, um mir einen genauen Überblick zu verschaffen. Wissen Sie vielleicht, wie das erste Subjekt entkommen ist, ich meine, wie es durch den Zaun gelangt ist?"

„Ach, Jefferson ... also, er hat die Sicherheitsgurte zerrissen, während man im Labor Untersuchungen an ihm durchgeführt hat ... oder was auch immer. Jemandem ist ein Patzer unterlaufen; wahrscheinlich hat man nicht die faserverstärkten Gurte benutzt."

„Verfluchte Fahrlässigkeit!"

„Schlimmer als das, wenn Sie mich fragen, Sir." Er blinzelte. „Wissen Sie eigentlich von der Sache mit Duncan?"

Ich schüttelte den Kopf.

„Johnny Duncan, ein Freund von mir, ein Pfundskerl. Er hat versucht, den Ghoul am Tor aufzuhalten. *Jefferson*, meine ich natürlich. Es ist schwierig, sie beim Namen zu nennen, den sie als ... Menschen noch trugen, verstehen Sie, Sir? Jefferson hat Duncans rechten Arm fast ganz abgerissen. Er hing nur noch an ein paar Sehnen fest. Armer Duncan ... er war ja Rechtshänder und musste die Pistole mit der anderen halten, als er sich erschossen hat."

„Sich erschossen?"

„Mit links. Ja, Sir."

Er fand den Selbstmord offenbar umso verwerflicher, da sein Freund ihn mit der falschen Hand begangen hatte.

„Irgendwie seltsam ... Ich bin dabei gewesen. Er hat sich den Lauf an den Schädel gehalten. Ich wollte ihn aufhalten, aber so, wie er mich angesehen hat, konnte ich nicht. Ich hätte deshalb Ärger bekommen können, doch es ging einfach nicht. Wie furchtbar die Schmerzen gewesen sein müssen wegen des Arms ... aber das war bestimmt nicht der Hauptgrund. Duncan hat gewusst, dass auch er sich bald in einen Ghoul verwandeln würde. Wie gesagt: ein Pfundskerl. Ich habe mich miserabel gefühlt, als er mir Lebewohl gesagt hat. Dann hat er sich das Hirn weggeblasen."

„Aber das Gegengift ...?"

„Davon brauchen Sie mir nun nichts zu erzählen, Sir!" War er jetzt wirklich verlegen oder heuchelte er? „Ich weiß doch, dass es keines gibt."

Ich schaute hinunter in die Glut der Pfeife, damit er den Schrecken in meinem Gesicht auf den verstopften Holm zurückführen sollte. Gedehnt entlockte ich mir die Worte: „Diese Subjekte, die Krankenschwester und diejenigen, die ich vorhin aussondern konnte: Wie werden sie behandelt?"

„Oh, sie spüren nichts, Sir, machen Sie sich darüber keinen Kopf." Er lächelte mich an. „Einer der Ärzte verpasst ihnen eine Injektion. Es dauert nur ein paar Sekunden."

In diesem Augenblick wurde mir erst richtig bewusst, *wie* jung er eigentlich war. Der Flaum auf seinen Wangen, die Unschuld stand ihm ins Gesicht geschrieben. Er glaubte tatsächlich, das Dahinscheiden gestalte sich kurz und schmerzlos.

„Das meinten Sie doch, als Sie vom *Gegengift* sprachen, oder? Lustig, wie Sie und Ihre schlauen Kollegen Wörter benutzen, die weniger bedeutungsschwanger sind, als sie zunächst klingen. Das nennt man Euphemismus, nicht wahr? Sollte übrigens keine Beleidigung sein, Sir. Na ja, wie auch immer. Duncan hat die Kugel anscheinend genauso schmerzfrei gefunden wie eine Spritze in den Arm. Geht ja auch wesentlich rascher. Vielleicht hat er aber auch bloß Angst davor gehabt, dass man ihm keine Spritze geben würde. Kann man sich ja vorstellen: ihn am Leben lassen, um ihn als Ghoul an Jeffersons Stelle zu studieren."

„Ja", entgegnete ich kurz, weil mir die Übelkeit allmählich wie ein zu eng geschnallter Gürtel auf das Zwerchfell drückte. Ich hatte drei Männer mit einem bloßen Nicken zum Tode verurteilt. Anders gesprochen wäre es Sterbehilfe gewesen, Verleumdung als Wohltätigkeitsgeste. Ich konnte es rechtfertigen.

„Sie hätten es bestimmt gemacht", fuhr der Wachmann fort, „wobei man bedenken sollte, dass all die anderen Leute sich damals noch nicht angesteckt hatten. Jetzt hingegen gibt es mehr Ghouls, als sie gebrauchen können, denn jeden einzelnen muss man ja nicht untersuchen. Von dem anderen Labor, aus dem Sie kommen, weiß ich nichts. Ehrlich gesagt: Ich hatte bis gerade eben nicht die geringste Ahnung, dass überhaupt ein weiteres existiert. Hier haben wir ja nur drei Zellen, die so sicher sind, dass die Kerle nicht ausbüchsen. Gemeinsam kann man sie ja nicht hineinstecken, sonst fressen sie sich gegenseitig auf. Ich schätze, man hat nie damit gerechnet, mehr als drei von der Sorte halten zu müssen. Will man sich da erbarmen, muss man ... aber das wissen Sie ja bereits, Sir."

Ruckartig erhob ich mich. Ja, ich wusste es tatsächlich, und genau dieses Wissen machte aus meinem Herzen eine Mördergrube.

„Auf mich wirkt es, als wüssten Sie mehr, als ihnen eigentlich zusteht", stellte ich ihn streng zur Rede.

„Entschuldigung, Sir!" Er war blass geworden.

„Wo befindet sich Elston gerade?"

„In seinem Arbeitsraum, Sir", antwortete er rasch und hoffte wahrscheinlich, dass ich mich wegen anderer Verpflichtungen nicht weiter mit ihm befassen würde. „Nur den Gang hinunter und dann die dritte Tür rechts."

Er stand stramm, als ich mich mit einem spröden Nicken verabschiedete und von dannen zog. Im Flur ließ ich meine Absätze genauso klacken wie Larsen.

*

Elston war tatsächlich in seinem Labor, arbeitete aber nicht. Er saß in sich zusammengesunken auf einem Hocker und machte den Eindruck eines Klassentrottels vor der Tafel. Als ich die Tür hinter mir schloss, schaute er auf, wirkte jedoch keinesfalls überrascht. Ich ging zu ihm hin, wobei ich meine Pfeife an der Kante eines Regals ausklopfte. Reagenzgläser klapperten, und Messbecher mit obskuren Flüssigkeiten schwappten beinahe über.

„Sie hätten mich früher verständigen müssen", begann ich.

„Oh ja, hätte ich doch nur, mein Gott!"

„Erzählen Sie mir etwas über diese ganze ... *Angelegenheit!*"

„Es ist zu spät."

„Anderswo könnte man einen Ausbruch noch verhindern."

„Ich bezweifle ..." Elston unterbrach sich, als sei diese Aussage bereits abgeschlossen und der Zweifel somit allumfassend. Seine Augen hingegen irrten umher, als suchten sie nach einem Gegenstand, an dem sie die Begründung dafür festmachen konnten, bevor er fortfuhr: „Ich bezweifle, dass selbst die Regierung ein solches

Unterfangen jemals wieder wagen wird. Ich bin kein besonders tapferer Mensch, Harland, aber keine Folter der Welt könnte mich jemals dazu bringen, ein zweites Mal bei so etwas mitzuspielen."

„Es war aber doch nie Ihre Absicht, oder?"

„Natürlich nicht! Ich wollte niemals ..." Seine Stimme wurde immer leiser, wobei er sich einen undurchsichtigen Becher vor die Augen hielt. Darin schien er eine Lösung finden zu wollen, oder sich Mut anzulesen, in den Runen seiner Wissenschaft. Beim Schütteln geriet die Flüssigkeit in Bewegung, und als er so hineinstarrte, sah er aus wie ein Schnapsbrenner, der einen kostbaren Jahrgang beäugte. In einem schlechten Film hätte das Zeug wie ein Destillat des Teufels zu brodeln oder zu dampfen begonnen, und wäre er jetzt versucht gewesen, es zu schlucken, hätte es mich nicht verwundert. Dann begann ein zwanghafter Redeschwall, mit dem er sich zweifellos erklären und entlasten wollte.

„Während meiner Forschungen im Bereich der chemischen Lobotomie habe ich einen Vorgang entdeckt, der Menschen ihren Verstand verlieren lässt. Ich hatte nicht auf dieses Ergebnis gezielt, es war vielmehr ein zufälliger Nebeneffekt. Die betroffenen ... Testobjekte ... entwickelten immense Körperkräfte und verloren alle Hemmungen. Auch der Selbsterhaltungstrieb wurde ihnen fremd, jedwede menschlichen Instinkte waren plötzlich verschwunden. Sie konnten auf Kommando Aufgaben bewältigen, die uns alle verblüfften, und gehorchten bedingungslos jedem Befehl, den man ihnen auftrug."

„Wie der Mann, der sich den Arm brach, als er einen unbeweglichen Betonklotz heben wollte?"

„Sie wissen davon? Nun ja, das ist nur ein weiteres Beispiel. Kein normaler Mensch würde sich so in etwas hineinsteigern, dass seine Knochen zu Bruch gehen. Ohne Schmerzempfindung allerdings hindert einen nichts mehr. Dieser Stoff macht geradezu übermenschlich."

„Aber zu welchem Zweck?"

„Für mich und meine Forschung war es eher zweitrangig, da ich allein unheilbar Kranke in den Griff bekommen wollte. Was allerdings die Ziele dieser Agentur betrifft, die düsteren Fantasien dieser Eiferer … sie haben sich eine Armee lebendiger Roboter vorgestellt."

„Männer ohne Furcht, die keine Schmerzen spüren und blind jedem Befehl folgen, ohne Rücksicht auf Verluste."

„Exakt darin bestand ihre Idee: eine Armee, die durch Feindesfeuer bricht, selbst wenn sie von Schüssen durchlöchert wird oder man ihnen die Glieder wegsprengt. Soldaten, die ohne Arme weiterlaufen oder ohne Beine weiterkriechen, um ihren Angriff auszuführen. Lediglich ein zu hundert Prozent tödlicher Treffer würde sie aufhalten, aber selbst nach ihrem Ableben bewegen sie sich noch ein wenig weiter. Einen Schwerverwundeten hält allein schon der Schock zurück, aber diese armen Seelen stoppt erst der Tod selbst. Einen Haken hat die Sache allerdings. Da ihre Gehirnfunktionen fast vollständig aussetzen, können sie Freund und Feind nicht mehr auseinanderhalten. Zudem haben sich unsere Subjekte auch nicht zu Kriegshandlungen drillen lassen und waren deshalb trotz ihrer beinahen Unbesiegbarkeit nutzlos. Ich habe dies für eine Sackgasse gehalten und war froh darum. In den Köpfen der obersten Verantwortlichen sieht es jedoch leider genauso düster aus wie in jenen bedauernswerten Kreaturen, die ich erschaffen habe. Ihre Gedankengänge waren bis zur Unmenschlichkeit verdreht und bargen am Ende nichts als das Böse in Reinform." Er sah mich direkt an. „Sie haben mich bedroht. Ich gebe es nur ungern zu, aber ich bin ein Feigling und habe schließlich getan, was sie von mir verlangten." Elston wiegte seinen Kopf hin und her. „Ich habe diesen Geschöpfen den Gehorsam ausgetrieben, Harland, sie zu unbezähmbaren Bestien gemacht, gesteuert allein von einem unstillbaren Blutdurst. Eben diese Faktoren hatte ich in meinem ursprünglichen Ansinnen eigentlich auszumerzen versucht. Schwierig ist es nicht gewesen. Ich musste bloß das entsprechende Gleichgewicht der Substanzen herstellen, wobei ich allerdings wieder an einem Endpunkt angelangt bin. Erneut war ich erleichtert, da Befehle sie nun kalt gelassen haben; so wurden sie unkontrollierbar."

„Und Sie haben wieder bei null angefangen."

„Die Männer, die über mich bestimmen, haben allerdings nicht mehr als einen Tag gebraucht, um sich diese Monster erneut nutzbar zu machen."

„Das erschließt sich mir nicht."

„Hat es sich mir zunächst auch nicht, aber wir denken eben nicht in deren Bahnen. Zu jenem Zeitpunkt haben andere Wissenschaftler mit mir gearbeitet, die so wie sie gepolt sind. Sie hatten stets Zugang zum gesamten Material meiner Untersuchungen. Einer dieser Männer hat herausgefunden, dass die gewissenlose Blutgier von Mensch zu Mensch übertragbar ist, also vom Wirt zum Folgeträger, Sie verstehen? Die Chemikalie durchdringt nicht nur das Gehirn, sie sondert sich sehr rasch auch im Blut und im Speichel ab. Dadurch überträgt sie sich wie ein

Virus, nur viel, viel schlimmer als bei Lepra oder bei der Pest. Gewissermaßen ansteckender Wahnsinn!" Er verbarg sein Gesicht in den Händen und kratzte sich in der Abwärtsbewegung mit den Fingern an den Wangen.

„Ich verstehe immer noch nicht ..."

„Nein, wie auch. Ich habe meine Bedenken erst geäußert, als die Arbeiten sich bereits in einem Stadium befanden, in dem es auch ohne mich weitergegangen wäre. Das zumindest habe ich versucht, mir einzureden, um Rechenschaft darüber abzulegen, was ich verbrochen hatte. Es war abartig. Unser erster Testkandidat hat sich die Augen ausgekratzt, was für einen Soldaten denkbar ungünstig gewesen wäre. Nachdem wir dieses Symptom behoben hatten, haben wir sie gemeinsam in Käfige gesteckt, um ihr Aggressionspotenzial zu ermitteln." Elston schloss die Augen. „Damit wollten wir die richtige Balance der Inhaltsstoffe bestimmen. Wir sollten diesen *Ghouls*, wie sie sie inzwischen nannten, keine solche Wildheit angedeihen lassen, dass sie sich gegenseitig umbrachten, weil das ihrem Vorhaben entgegengewirkt hätte."

„Und dieses Vorhaben bestand worin?"

Elston ignorierte meine Frage und spann seinen Faden weiter.

„Wie tollwütige Hunde sollten sie sein, ihre

Opfer anfallen, aber lebendig zurücklassen, damit diese sich in Ihresgleichen verwandeln konnten. So würde der Wahnsinn sich flächendeckend ausbreiten. Aber vielleicht sollte ich statt Wahnsinn besser *bestialische Grausamkeit* sagen; kein Wort beschreibt es wirklich zur Genüge. *Ghouls* heißen sie bei ihnen, also Leichenfresser. Wie kann man so etwas willentlich erschaffen und dann so nennen? Sie sind nicht unbedingt Kannibalen und würden Menschenfleisch wie das eines jeden anderen Lebewesens verspeisen. Auch Aas per se steht im Grunde genommen nicht ganz oben auf ihrer Speisekarte, obwohl sie nicht davor zurückschrecken, Tote zu essen, wenn es sein muss. Zuweilen zerreißen sich diese Geistlosen auch gegenseitig."

Er pausierte einige Sekunden und streckte den Hals, als horche er auf ein Echo seiner Worte aus all den Fläschchen und Glaskolben.

„Dabei handelt es sich aber bloß um ein zweitrangiges Symptom, denn sie könnten genauso gut gar nichts essen und verhungern. Es ist eine Nebenwirkung, wie ihre Scheu vor dem Wasser. Sicherlich hätte ich auch diesen Makel beheben können, aber man hielt es für ratsamer, sie so zu belassen. Man kann sie in Schach halten, wenn man sie mit Wasser umgibt. Das war nicht nur im Hinblick auf diese Insel schlau, sondern auch für später, da man sie an anderen Orten einsetzen wollte."

„Wo, Doktor?", fragte ich ihn mit Nachdruck, doch wieder ging er nicht auf mich ein.

„Nun, ich habe meine Pflicht getan, indem ich ihre Aggression auf ein akzeptables Maß reduziert habe. Und diese Aggression ist vom ersten Moment an ansteckend, sobald ich die Nadel ansetze. Die Inkubationszeit hingegen kann, abhängig von Körpermasse und Kondition des Subjekts, ganz nach Belieben reguliert werden. Die Dosis ist also variabel und funktioniert wie eine Lunte, die schneller oder langsamer abbrennt, ehe der Sprengsatz zündet. Überträgt sich der Zustand allerdings von Mensch zu Mensch, nachdem die Chemikalie den Wirt bereits völlig durchdrungen hat, bricht sich der Effekt im Körper des neuen Trägers innerhalb weniger Stunden Bahn. So hatten sie es sich auch ausgemalt; es passte vortrefflich zu ihrem Plan."

„Aber wie sieht der nun genau aus, Elston?"

Er sah mich an, während er immer noch an der Haut seiner Wangen zog. „Dieser Plan, Harland, besteht darin, Kriegsgefangene zu infizieren!"

Meine Nackenhaare richteten sich auf. Ich hatte es ja genau wissen wollen. Nun wurde mir einiges klar.

„Nehmen wir an, man setzt die Dosis so niedrig an, dass sie erst nach etwa einem Monat ausrasten. Dann lässt man sie entweder entwischen, mit der schwelenden Abscheulichkeit in ihren Leibern, oder verhandelt mit der Gegenseite über einen Austausch. Sind Sie sich der Tragweite dieser Idee bewusst? Sie haben gelacht, diese Männer, meine Befehlshaber. Sie haben gelacht und sich dabei eine Epidemie vorgestellt, in deren Zuge die Ghouls in den Reihen des Feindes wüten. Die Wirkung wäre brachial. Zwar würden die ursprünglichen Träger zweifellos beseitigt werden, jedoch nicht, ohne zuvor unzählige Wunden geschlagen zu haben, die wiederum eine neue, zahlenmäßig weitaus größere Generation von Monstern hervorbrächten."
„Mein Gott", flüsterte ich. „Was für ein unbarmherziges Kalkül!"
„Denken Sie an die Panik, die Verwirrung, den Horror, wenn die Truppen des Feindes, und später auch die Zivilbevölkerung, in zunehmender Zahl wie die Berserker wüten. Haben sie endlich begriffen, wie diese Plage entstanden ist, wird es zu spät sein. Falls überhaupt jemand dem Treiben auf den Grund geht. Die Moral der gegnerischen Armee läge am Boden, oder sie wäre gänzlich dahin, und der Staat an sich womöglich ausgelöscht wie das Bewusstsein der

Infizierten. Die Abschottung des jeweiligen Landes wäre dann bloß noch Makulatur; man müsste lediglich die Stellung halten und auf die vollständige Selbstzerstörung warten. So weit der Plan; er hat ihnen nur zu gut gefallen."

„Aber die Gefahr, es könnte eskalieren und ungeahnte Dimensionen annehmen …?"

„Das mussten wir einkalkulieren. Die Ghouls sind nur bedingt lebensfähig, weil sie nicht für sich selbst sorgen können und ihre körperlichen Bedürfnisse weitgehend vernachlässigen. Diejenigen, die nicht hingerafft werden, trocknen zwangsläufig früher oder später aus. Wie lange das jedoch dauern kann, ist nicht absehbar."

Ein Pistolenschuss drang von draußen ins Labor.

„Wir werden es bald herausfinden", vermutete ich.

Elston verstand sofort, was ich damit meinte. „Ja, natürlich. Sollen wir also …?"

Ich konnte es kaum glauben, aber in seinen Augen funkelte tatsächlich immer noch wissenschaftliches Interesse, ohne Reuegefühl oder Bedauern. Ich glaube, er bemerkte gar nicht, wie ich mich umdrehte und ging. Seine Gründe dafür, mich zu kontaktieren, waren löblich gewesen, aber am Ende trieb ihn immer noch der Forschergeist an. Das Furchtbare an der ganzen Sache war, um mit seinen Worten zu sprechen, eine Nebenwirkung, aber nichts weiter. Er hatte zu mir gesprochen wie auf ein Tonband und nun quasi die Stopptaste gedrückt. Wenn ich es mir recht überlegte, fand ich Larsen sympathischer.

Ich ging eine Weile den Flur entlang, wo reges Treiben herrschte. Weder das Personal der Navy noch die Zivilisten achteten auf mich. Von Zeit zu Zeit hörte ich weitere Schüsse und kam auch wieder am Verhörzimmer vorbei, doch der junge Wachmann stand nicht mehr vor der Tür. Ich ging hinein und setzte mich an den Tisch.

Wenige Minuten später leistete mir Larsen wieder Gesellschaft. „Wo um alles in der Welt waren Sie?"

„Stehe ich unter Arrest?"

„Was beschäftigt Sie so sehr, Harland?"

„Es gibt kein Gegenmittel."

Er holte tief Luft, wirkte bedrückt. „Stimmt: Wir sind mangels Alternative gezwungen, die Befallenen zu eliminieren. Wir haben nicht genug Platz, um so viele von ihnen sicher zu verwahren, selbst wenn wir es wollten. Zusammenpferchen können wir sie nicht, wie Sie wissen. Der Tod ist somit wohl das Beste, was ihnen passieren kann, oder würden Sie die Alternative vorziehen und einer von denen werden wollen?"

Damit lag Larsen wohl nicht ganz falsch, doch Gerechtigkeit funktionierte anders. Ich antwortete mit einer willkürlichen Geste. Recht oder Unrecht – beides gleichzeitig kann man nicht haben. Im Raum verhielt es sich ähnlich: Licht und Schatten grenzten sich voneinander ab.

„Wir liquidieren sie, sobald wir sie finden", packte Larsen aus. „Für alles andere fehlt uns die Zeit."

„Finden Sie viele?"

„Leider zu viele." Er spähte hinaus auf den Flur, sagte etwas und trat zur Seite, woraufhin zwei Uniformierte mit einer Trage hereinkamen, auf der jemand lag, zugedeckt und ohne sich zu bewegen. Nachdem sie ihn auf den Tisch platziert hatten, schlug Larsen die Decke zurück. „Erkennen Sie ihn wieder? War er im *Red Walls?*"

Ich betrachtete das Gesicht lange. Dafür, dass der Mann tot war, sah er relativ normal aus. Allerdings erkannte ich ihn nicht und verneinte.

„Sind Sie sicher?"

„Absolut."

„Sie wissen, was das bedeutet?"

„Natürlich. Die zweite Phase hat begonnen. Wie schnell wird es sich ausbreiten?"

„Das weiß nur Gott selbst. Falls jeder der von Sam Jasper infizierten, drei Opfer konnten wir ja rechtzeitig fassen, nur zwei weitere Menschen ansteckt ... kaum auszudenken! Das ist eine reine Rechenaufgabe. Nehmt ihn wieder mit!"

Ruckartig hoben die beiden Wachen die Trage hoch und verließen den Raum.

„Wir müssen die Leichen verbrennen", richtete sich Larsen wieder an mich. „Auch die Toten übertragen es noch. Falls Ratten oder Hunde an den Leichen fressen sollten; es steckt selbst noch im leblosen Fleisch. Das haben wir bereits sehr früh herausgefunden, noch bevor wir ... Freiwillige benutzten. Da es sich um einen chemischen Stoff handelt, muss der Wirt nicht zwingend lebendig sein. Verschlingt jemand das tote Gewebe ... nicht einmal den Würmern würde ich die Leiber anvertrauen. Nein, Einäschern ist unter allen Umständen notwendig!"

Ich sah Larsen die Belastung an. Er wirkte von Stunde zu Stunde dünner, seine Augen sahen hinter der Brille geweitet aus, das kurze Haar stand ihm in wirren Büschen ab.

„Mit den Frauen wird es am ärgsten sein."

Ich begriff nicht. „Es war doch nur eine, die Schiffshure."

Der Sicherheitschef schüttelte müde seinen Kopf. „Nein, ich meine die anderen: die Ehefrauen und Freundinnen dieser Männer. Die Liebe allein wird sie nicht davor bewahren, wenn es in ihrem Beisein ..." Er wurde wieder bleich. „Nein, wahrscheinlich sind die Frauen ein vergleichbar milder Anblick."

Entsetzen überkam mich. „Was sollte denn noch schlimmer sein?"

„Die Kinder", antwortete Larsen.

*

Wie Dämonen der Hölle standen die Wächter am Rand der dampfenden Grube, die man hinter dem Labor, nicht weit vom Zaun entfernt, ausgehoben hatte, um sich der Leichen zu entledigen. Im Gebäude gab es zwar einen Brennofen, doch war dieser nicht groß genug für diese unrühmliche Aufgabe. Genauso, wie sie nicht mehr als drei Zellen für ihre Versuchskaninchen eingeplant hatten, war niemand weitsichtig genug gewesen, das Krematorium entsprechend zu dimensionieren.

Voller Bedenken und Fragen stand ich an der offenen Hintertür des Komplexes und schmauchte meine Pfeife. Aus der Grube stieg schwarzer Rauch auf und breitete sich aus; dazwischen züngelten die Flammen. Das rote Glimmen ließ die Szenerie vor mir wahrlich wie das Tor zum Fegefeuer aussehen. Mit dem fahlen Osthimmel im Hintergrund wirkten die Wolken, die sich als tiefschwarze Fahnen und Dunststränge wie der Fluss Styx aus dem Loch herausschlängelten, noch viel dunkler und dichter. Es stank widerwärtig.

Ich sah zwei Wachleuten zu, die einen Leichnam heranschleppten. Ein Schwall Hitze überkam mich, Funken stoben aus dem weiß glühenden Krater, und orangefarbene Schwaden wanden sich durch den zuckenden Moloch. Einer der Männer schlug sich erschrocken gegen den Oberschenkel, als ihn ein Funke traf. Dann rieben sich beide kurz die Hände und betrachteten das Flammenmeer, ehe sie abtraten; in ihren Mienen spiegelte sich das gute Gewissen wider, ihre Arbeit erledigt zu haben. Sie hätten ausgezeichnet in einen Werbespot für Bier gepasst. Nach dem harten Job ein kühles Blondes zur Entspannung.

Larsen trat neben mich und blähte seine schmalen Nasenlöcher mit einem Grinsen. „Stinkt ganz schön, was Sie da rauchen."

Ich blinzelte ihn überrascht an, und auf einmal mussten wir beide über diesen makabren Witz lachen. Während er seine Nase in Falten legte, entgegnete ich: „Falls wir einen Zwergenghoul auftreiben, dürfen Sie ihn mir gerne vorne in die Brennkammer der Pfeife stecken."

Beim Paffen schwelte mein Kraut wie in vergeblicher Nachahmung des Gewölks von unten. Ebenso abrupt, wie er aufgetaucht war, verging uns der Spaß wieder. Es war ein seltsamer Impuls gewesen, den wir kaum bewusst wahrgenommen hatten, aber ich bezweifle, dass ich jemals zu einem anderen Anlass so herzhaft gelacht habe wie in jener Nacht vor diesem Loch.

„Wie viele?", fragte ich und war wieder sachlich.

„Neun", meinte er. „Ohne die Krankenschwester."

Er strich sich über die hervorstehenden Wangenknochen. Eine Gesichtshälfte schien im Licht der Feuersbrunst ebenfalls in Flammen zu stehen, wohingegen die andere im Dunkeln lag, wie alles, was der Rauch verschlang. Dabei spannten sich seine Muskeln und erschlafften abwechselnd, als ob im Angesicht eines Vulkanausbruchs ein Sturm über sein Antlitz hinwegfegte. Mir war klar, dass mein Gesicht vor dieser Säule die gleiche Zerrissenheit aufwies, ähnlich wie auf einem Chiaroscuro-Gemälde. Larsen und ich, wir waren Spiegel aus Fleisch und Blut, die sich gegenseitig reflektierten.

„Ich bin mir nicht sicher, ob wir uns von den Zahlen entmutigen oder zuversichtlich stimmen lassen sollen", überlegte er. „Sie könnten allerlei bedeuten: Je mehr wir erwischen, desto weniger bleiben übrig. Oder wir schließen daraus, dass es viel zu viele sind."

„Verstehe. Wie viele Jasper tatsächlich verletzt hat, werden wir wohl nie erfahren, aber wenn bloß drei oder vier davongekommen sind ..." Während ich diese Worte äußerte, war ich mir bewusst, dass ich strikt statistisch dachte und die menschlichen Tragödien hinter den Berechnungen ganz außer Acht ließ. Das musste ich auch. „Glücklicherweise befinden wir uns auf einer Insel mit relativ überschaubarer Bevölkerung!"

„Wahrscheinlich werde ich mich zur Evakuierung entscheiden." Larsen schaute mich an, als sollte ich ihn dazu beraten. „Dabei sollten wir höllisch aufpassen, dass keiner der Befallenen mit uns entwischt. Jeder muss ein Quarantänesystem durchlaufen, ehe er auf ein Schiff steigt, und ich bin mir nicht sicher, ob ich das letzte Wort darüber haben möchte, wer mitkommt oder zurückbleiben muss. Na ja, das sind letztlich auch alles Hypothesen, womöglich werden wir gar keine Möglichkeit zur Flucht bekommen."

„Wenn Sie ... wir ... allerdings von hier fortkommen, was geschieht dann mit den Ghouls?" Das Wort hatte einen unangenehmen Beigeschmack, und ich erschrak, weil ich es wie selbstverständlich benutzt hatte. „Überlassen wir sie einfach sich selbst?"

Die Flammen zeichneten Larsens Profil scharf nach. Dann schaute er mich an. „Die Entscheidung wird man ganz oben fällen. Und dafür bin ich dankbar." Beim Kratzen am Hals warfen seine ausgestreckten Finger schlanke Schatten. Die Hand glomm rot in der pulsierenden Hitze aus der Grube, die ein scheußlicher Blasebalg anzufachen schien. „Denjenigen, die in der Stadt geblieben sind, wird schwerlich beizukommen sein. Bei ihnen ist die Gefahr einer weiteren Verbreitung besonders groß." Die Worte kamen ihm nur mühsam über die Lippen. „Die meisten haben wir gefunden, als wir an der Küste und landeinwärts suchten. Auch wenn wir einige Häuser geräumt haben, besteht der Knackpunkt eben darin, dass man die Infektion nicht erkennt, bevor sie ausbricht."

„Machen sich denn vorab keinerlei Symptome bemerkbar?"

„Das habe ich Elston gerade vor ein paar Minuten auch gefragt. Er kennt keine. Der Mann übt seinen Beruf mit wahrer Leidenschaft aus. Er meinte, ich solle nicht alle Befallenen verbrennen, weil er ein paar von ihnen sezieren will."

„Vielleicht hofft er, doch noch ein Gegenmittel entwickeln zu können."

„Da denken Sie aber sehr positiv über ihn."

Larsen sah nun bis auf sein Gesicht, das im Licht abgründig glänzte, nahezu menschlich aus. Ob er Kenntnis davon hatte, dass Elston mich angeschrieben hatte? Er hatte ja gewusst, welchen Job ich ausübte; wahrscheinlich hatte er es auch schon von Anfang an geahnt. Hatte er selbst einlenken wollen? Hilflos angesichts bindender Pflichten dem Büroapparat gegenüber, der sein Leben bestimmte. Ich spürte die umfassende Hilflosigkeit, die Frustration dieses Menschen. Sein Dasein und sein freier Wille waren in eisigem Gehorsam erstarrt, bei dem ihm äußerst enge Grenzen gesteckt waren, wie dem Herzen im Brustkorb oder dem Hirn unter der Schädeldecke. Es reizte mich, ihn zu fragen, denn wir waren auf absonderliche Weise Freunde geworden. Doch nahe Schüsse hinderten mich daran.

Wir blickten uns um. Ein *Ghoul*, das Wort musste ich mir immer noch aufzwingen, lief außen am Zaun vorüber, aber nicht wie auf der Flucht, denn derlei Ängste waren den Freaks, wie Elston mir erzählt hatte, ja völlig fremd. Es sah vielmehr so aus, als hätte er seinen Trab zufällig begonnen und sei zu bedüselt, um wieder normal zu gehen. Er bewegte sich also wie träge Masse und war einem Universalgesetz unterworfen, ähnlich den Planeten auf ihren vorgeschriebenen Bahnen. Drei Armisten in Weiß folgten ihm und feuerten in kurzen Abständen auf ihn. Die Schüsse trafen, was sich zweimal an aufspritzenden Blutfontänen erkennen ließ. Dabei ging der Kerl einmal kurz in die Knie, sprang aber sofort wieder auf und rannte weiter. Er wirkte sichtlich immun gegen den Schock des Schmerzes und würde wahrscheinlich erst mit zwei gebrochenen Beinen dauerhaft zu Boden gehen – um dann weiterzukriechen, versteht sich. Es brauchte wohl mehr als eine Kugel im Kopf oder im Herzen, damit er Ruhe gab.

Der Zaun knickte unmittelbar hinter dem Loch nach außen ab, sodass der Ghoul dagegenstieß. Seine Verfolger hielten an, wobei sich einer hinkniete, um ihn anzuvisieren. Das Monster jedoch schlug mit der Faust durch die Maschen und riss den Zaun auf. Dabei hörte ich das verstärkende Metall ächzen und Larsen neben mir, der schnaufte. Die Kreatur drang durch die Absperrung auf das Gelände, was die Wachen vom Rand der Grube forttrieb. Silhouetten nur im Schein des Feuers, rot umrandete Schemen hinter dem Rauch. Der Ghoul sprang darauf zu, weil er das Loch entweder nicht sah oder ignorierte. Ohne Zögern trat er bis an den Rand und darüber hinweg. Er ließ sich nicht fallen, sondern rannte geradewegs ins Feuer hinein. Nur einen Augenblick später tauchte er auf der anderen Seite wieder auf, die Kleider lichterloh entflammt, während ihm das Fleisch darunter von den Knochen schmolz. Er kroch heraus, rutschte ab und wieder hinein, bevor er es erneut versuchte. Sein Haar brannte. Die drei Soldaten waren mittlerweile durch den offenen Zaun gestiegen, stellten sich, wie fürs Gefecht gelernt, ordentlich Seite an Seite und pumpten ihn voll Kugeln, während sie sich fortwährend einige Schritte zurückfallen ließen. Sein Blut zischte wie Öl in einer heißen Pfanne. Nur langsam drängten sie ihn zurück ins Loch, aus dem er nicht wieder herauskam.

Einer der Wächter lachte. „Den müssen wir nicht mehr schleppen."

Ich fuhr mir mit der Hand über die Augen. Widerwärtig, doch ich verstand ihn. So langsam begann ich, diese Wesen wirklich als *Ghouls* zu betrachten, begründete mein Handeln wie ein neuzeitlicher Inquisitor und hasste sie mit einer kreatürlichen Furcht, die jedwedes Mitleid im Keim erstickte. Diese Furcht war so ursprünglich, dass sie eigentlich bereits hätte ausradiert sein müssen, nachdem der Mensch den aufrechten Gang gelernt hatte. Doch nun brach sie, ansteckend wie eine weitere Seuche, erneut aus, um meine Gefühle abzustumpfen und mich zu verrohen.

Das Feuer loderte und knackte vergnüglich, als es neue Nahrung erhielt. Ich wollte unbedingt fort, und als ich mich zu Larsen umdrehte, wirkten lediglich die Augen in seinem versteinerten Antlitz lebendig. Funken flogen nach allen Richtungen durch die Morgendämmerung, und er stand als Zeremonienmeister vor seinem Werk. Hilflos, ein Götze wider Willen, der sich der Anbetung nicht erwehren konnte.

„Ich werde zurück in die Stadt gehen", kündigte ich an.

Larsen betrachtete mich einen Moment lang, als hätte er vergessen, wer ich war und weshalb ich bei ihm stand.

„Falls es mir erlaubt ist."

„Sie sind kein Gefangener, Harland. Niemand von uns ist das. Aber hier wären Sie sicherer."

„Ich gehe."

„Wie Sie möchten. Mit Begleitschutz kann ich Ihnen allerdings nicht dienen."

Daran hatte ich nicht gedacht. Im Zuge des irrsinnigen Treibens war mir der Sinn für die Realität scheinbar völlig abhandengekommen. Eventuell war die Gefahr aber ohnehin viel zu groß, als dass ich sie hätte begreifen können.

„Ich werde versuchen, ein Gewehr für Sie aufzutreiben." Larsen starrte mir direkt in die Augen. „Sie werden sich damit besser zur Wehr setzen können." Er nahm offenbar an, ich hätte Vorbehalte gegen Waffen. „Meine Männer haben genauso viel Angst und dürften nicht allzu lange fackeln, bevor sie auf einen alleine herumstreunenden Fremden schießen. Sehen Sie das Gewehr als Lebensversicherung an."

Larsen erwartete demnach, dass ich die Waffe eher als Erkennungszeichen benutzen und nicht abfeuern würde. Ich dankte ihm, wenn auch nicht für das Gewehr, da ich noch nie auf einen Menschen geschossen hatte und nicht wusste, ob ich dazu fähig wäre. Ich musste mir jedoch eingestehen, dass es mich einigermaßen beruhigte, zumindest die Möglichkeit dazu zu haben.

*

„Jack, Sie sind wohlauf! Gott sei Dank!" Marys Worte klangen verlegen, sie stand hinter ihrem Freund Jerry.

Der Eingang zum Gefängnis war verriegelt. Der Sheriff sperrte auf. Ich betrachtete die Pistole in seiner Hand, und er das Gewehr in meiner. Schließlich steckte er seine Waffe zurück ins

Holster. „Ich habe Sie im *Red Walls* gesucht. Dort wimmelte es vor ... Wachleuten, schätze ich, aber die rücken keinerlei Informationen heraus."

„Die wissen ohnehin nicht viel."

„Und Sie?" Jerry sperrte hinter mir wieder ab.

„Das Wesentliche", erwiderte ich und stellte das Gewehr gegen die Wand. Die Angst im Nacken während meines Alleingangs vom Sperrgebiet bis hierher hatte mich dermaßen zermürbt, dass jede Sehne in meinem Körper angespannt war. Jerry wartete mit sichtlicher Ungeduld darauf, dass ich ihm erzählte, was ich herausgefunden hatte. Mary hingegen sah nicht sonderlich interessiert aus. Und ich betrachtete stumm den Sonnenaufgang. Ein traumhafter Morgen strahlte sein Gold gegen das Halbdunkel. Im Osten breitete sich das Licht langsam wie ein Fächer aus, als wollte es den Tag nur widerwillig einläuten; was er mit sich brachte, das wusste niemand so genau.

„Haben Sie Elston gesehen?", fragte Mary.

„Ihn und Larsen, ja. Ich war hinter dem Zaun und habe Dinge gesehen, die ... ich eigentlich niemals sehen wollte."

„Was passiert hier?", fragte Jerry, während er am Türschloss rüttelte und dann den Riegel wie im Spiel vor und zurück schob. *In Sicherheit*,

schutzlos, in Sicherheit, schutzlos, in Sicherheit ...
„Sie sind mit Lastwagen vorbeigefahren und haben den Einwohnern über Lautsprecher geraten, in ihren Häusern zu bleiben und abzuschließen. Einer von Larsens Männern, ein recht höflicher Bursche, hat mir einen gesonderten Besuch abgestattet. Er hat mich lediglich zum Hierbleiben angehalten, damit ich mich nicht einmische ... in was auch immer."

„Schüsse haben wir ebenfalls gehört", fügte Mary hinzu.

„Sie können nichts tun, Jerry. Bleiben Sie hier", empfahl ich. „Und passen Sie auf Mary auf! Es geht um ... nun ja, um eine ansteckende Krankheit ... gewissermaßen."

„Gewissermaßen?"

Dann breitete ich, begleitet von Jerrys wiederholtem Fluchen und Marys ungläubigen, angstvollen Blicken, alles aus, was ich bisher herausgefunden und gesehen hatte. Ich rupfte das gedankliche Unkraut büschelweise aus und atmete mit jedem Wort auf, das ich mir von der Seele redete. Übrig blieben Löcher und eine unschöne Leere. Als ich fertig war, herrschte Schweigen. Meine Nerven waren derart angespannt, dass ich glaubte, ihre Stränge würden wie glühende Schaltkreise unter meiner Haut sichtbar.

Jerry fingerte an seiner Hutkrempe. „Ich frage mich, ob sie wirklich so weit gegangen wären, *es* als Waffe einzusetzen."

„Wahrscheinlich nicht", mutmaßte ich. „Die Entwickler waren nicht diejenigen, die jetzt über die Nutzbarkeit des Stoffes entscheiden."

Jerry knetete an seinem Hut und neigte sein Haupt so, dass ich ein Stirnrunzeln erkannte. „Ich war in der Army. Vor dem Kämpfen hatte ich keine Angst, aber auf eine solche Idee wäre ich nie gekommen. Kein Feind der Welt verdient so ein Schicksal."

„Wäre Elston doch bloß kein solcher Duckmäuser!", rief Mary.

„Egal! Wir schaffen Mary am besten von dieser Insel", beschloss Jerry

„Die werden im Augenblick niemanden von der Insel lassen."

„Scheiß drauf! Die können mir nicht verklickern, dass ich von meinem Polizeiboot fernbleiben soll! Das Gesetz hier bin immer noch *ich*! Vor dem Zaun auf jeden Fall."

„Das Schiff der Küstenwache werde ich wohl nicht bekommen", wog Mary ab.

„Versuchen können wir es zumindest", entgegnete ich.

„Ja, und wer sich mir in den Weg stellt, den knaste ich ein." Jerry versuchte, möglichst böse zu grinsen. „Ich bringe Sie zusammen mit Mary auf die Keys, muss aber selbst wieder zurück."

„Dazu besteht kaum Grund! Sie können hier nur wenig ausrichten."

„Darum geht es nicht. Ein echter Sheriff zieht seinen Schwanz nicht so schnell ein." Sein Stetson sah schon arg mitgenommen aus. Er hatte ihn ausgebeult auf den Hinterkopf geschoben. In ähnlicher Schieflage befanden sich auch seine Wertvorstellungen, denn Pflichtbewusstsein in solch impulsiver Form war meiner Meinung nach momentan absolut fehl am Platz. Dann wiederum konnte ich mich in seine Lage hineinversetzen. Einige verdrehte Gehirnwindungen hielten auch mich zum Bleiben auf Pelican an. Es war jedoch mehr als der Wille, meine Arbeit anständig zu machen, mehr als die Gier nach einer Story. Diese Entschlossenheit war wohl kaum erklärlich, da sich die Gedanken dahinter auf verworrenen Pfaden in den Vordergrund drängten.

Jerry stellte die ultimative Frage: „Kein Gegengift, wie?"

„Sie haben bisher keins gefunden."

„Und niemand weiß, wie lange diese Sache noch dauern wird?"

„Nein."

„Eine Riesenschweinerei, so etwas auf unserer netten kleinen Insel zu veranstalten." Er schüttelte den Kopf. „Nicht die feine Art. Na ja, wir sollten jetzt hinunter zur Anlegestelle gehen und einfach probieren, ob …"

„Jerry, falls wir ablegen dürfen, will ich nicht, dass du danach wieder zurückkehrst", bat Mary.

Der Sheriff ging zur Tür, schob den Riegel nach hinten und hielt inne. Dann zog er sie auf und trat mit gezücktem Revolver zurück. „Das diskutieren wir später aus, okay?"

Die Straße war verlassen. Von unserem Standort aus überblickte man den Strand bis ins Hafenviertel hinein. Bei den Docks hing ein dicker Schwertfisch und wartete darauf, vermessen und abgewogen zu werden. Die langsam austrocknenden Schuppen schimmerten blau und grün, aber niemand würde sich seiner annehmen und ihn an die Ziehwaage hängen. Eigentlich schade, denn es war ein echter Brocken, den man schlicht zur falschen Zeit gefangen hatte. Das Tier war vergeblich gestorben und würde seinem Fänger nicht einmal mehr zum ohnehin kärglichen Anglerruhm gereichen.

Im Hafenbecken schaukelten zahlreiche Boote auf und nieder, während Militärschiffe hinter der Einfahrt zur Bucht kreuzten. Jerry trat auf die Straße und schaute in beide Richtungen. Zur Küste hin ging eine Patrouille, doch ansonsten war niemand in Sicht. Mary und ich folgten

Jerry, doch dann musste ich noch einmal zurück, weil ich das Gewehr vergessen hatte. Als ich wieder zu Mary aufschloss, ertönte das Megaphon eines der Navy-Schiffe: „Kehren Sie um! Diese Insel befindet sich unter Quarantäne! Sofort abdrehen!"

Wir sahen zunächst nur das Kanonenboot, nicht aber diejenigen, denen die Warnung galt, bis schließlich von Süden her ein Fischkutter in unser Blickfeld geriet.

Jerry kniff die Augen zusammen. „Ach je, das ist John Tates Schiff! Was tut der da draußen?"

„Tate?", fragte ich. „Er hat mir erzählt, dass er häufig zu einer der Buchten auf der Südseite fährt, statt am Hafen anzulegen."

„Das tut er immer noch? Der alte Fuchs! Hat gelegentlich zweifelhafte Geschäftchen gemacht, aber nie im großen Stil, bloß mit Rum oder Havannas."

Tates Boot setzte seinen Kurs fort. Ich glaubte, ihn auf der Brücke zu erkennen. Ein verhärmter Alter mit nur einem Auge, dafür aber mit einem Füllhorn an Anekdoten. Wir waren uns nur ein Mal begegnet, aber das hatte genügt, um einen bleibenden Eindruck bei mir zu hinterlassen. Ich stellte mir vor, wie er gerade spitzbübisch grinsend seine jahrzehntelange Erfahrung auf See gegen die Obrigkeit ausspielte. Er hatte sich bereits zuvor über Zölle hinweggesetzt und musste sich nun wohl an alte Zeiten zurückerinnern. Da er sich keiner Schuld bewusst war und demnach keine Bestrafung oder Konfiszierung etwaiger Schmuggelgüter befürchten musste, kam es ihm sicherlich wie ein Spiel vor. Das Militär hatte beigedreht, um ihm den Weg abzuschneiden. Die Bugwelle spritzte weiß von der grauen Schiffswand. Tate ließ das Steuerrad unter seinen Händen rotieren und lenkte seine Nussschale hart Richtung Steuerbord. Das kleine Holzboot schien sich aufzubäumen, als es den Kurs änderte. Im Vergleich wirkte das Kanonenschiff massiv und behäbig, während es einlenken musste. Dabei gerieten die beiden haarscharf aneinander. Das Megaphon plärrte wieder, ich verstand kein Wort.

Jerry neben mir rief aufgeregt: „Sie werden ihn rammen!"

Ich sah, wie Tate seine knochige Hand zur Faust ballte und dem Mann auf der Brücke des Kanonenbootes drohte. Er erwartete bestimmt nicht, dass sie keinen Spaß verstanden, sondern dachte wahrscheinlich, ein unerfahrener Navy-Kapitän hätte sich beim Heranfahren verschätzt und sei ihm zu dicht auf die Pelle gerückt. Tate schimpfte wie ein Rohrspatz. Sein flinkes Boot wich in ein Wellental aus, als der graue Koloss mit dem Bug in die Höhe fuhr. Der Alte senkte den Arm. Er hielt das alles möglicherweise noch immer für einen Fauxpas der Gegenseite. Kurz darauf kollidierten sie.

Wie ein Stier den Torero auf die Hörner nimmt, so verkeilte sich das Kanonenboot im Heck des Kutters, hob ihn hoch, und im nächsten Augenblick war es um Tates Fischerkahn geschehen. Sekunden später drehten sie ab. Ich konnte Tate nirgends entdecken; der Aufprall musste ihn zu Boden geworfen haben. Zersplitterte Planken sowie Seilstränge waren an dem großen Boot hängen geblieben und zierten nun den Bugüberhang. Tates Rumpf stand einen Augenblick lang in der Vertikalen, sackte ab und ging schließlich unter. Die Wellen schienen zu seufzen, als sie über die Trümmer des Kutters hinwegrollten. Das Kanonenboot fuhr einfach weiter. Teile der Besatzung hielten an der Reling Ausschau nach Überlebenden, aber der Kapitän selbst fühlte sich offensichtlich nicht geneigt, anzuhalten oder umzukehren.

Die Sehnen traten an Jerrys muskulösem Hals hervor, als er den Kopf reckte. Wie dicke Taue schienen sie ihm in seiner Wut die Luft abzuschnüren. „Er wird ertrinken."

Ich nickte. „Man wird ihn nicht an Bord lassen. Es widerspräche ihren Anweisungen."

Wir spähten weiter und schützten unsere Augen dabei mit den Händen vor der tief stehenden Sonne. Tate tauchte nicht wieder auf.

Wir kehrten zum Gefängnis zurück und verriegelten wieder die Tür hinter uns. Mary schluchzte hysterisch. Der Sheriff legte ihr eine Hand auf die Schulter, Mary bebte am ganzen Körper, und Jerrys Unterarm zitterte mit.

„Der alte Pirat hätte das alles nur zu gerne miterlebt, nicht wahr?", wimmerte sie und lächelte traurig. „Danach hätte er Geschichten erzählen können, besser als die vom Verlust seines Auges ... wie er die Navy überlistet hat, zum Beispiel."

Jerry lief wie ein Inhaftierter im Raum hin und her. „Hier sind wir relativ sicher. Sitzen wir es also aus."

„Wie lange?", gluckste Mary.

Jerry wagte eine Schätzung: „Rechnen wir mit ... ein paar Tagen, schlimmstenfalls Wochen. Wir könnten uns in der Zelle einsperren; dort kriegen sie uns nicht."

„Über *Wochen* hinweg?", hielt ich ihm vor. „Was ist mit Nahrung und Wasser? Haben Sie hier irgendwelche Vorräte lagernd? Munition?"

„Wir müssen uns was besorgen."

Diese Belagerungsatmosphäre gefiel mir nicht. „Kann sein, dass sie evakuieren ..."

„Klar, das wäre unser einziger Strohhalm. Oder auch nicht. Wir wollen es nicht darauf ankommen lassen. Im Laden am Strand finden wir alles, was wir brauchen."

„Falls wir uns noch irgendwohin wagen, sollten wir es gleich tun. Die Lage draußen wird von Sekunde zu Sekunde gefährlicher."

„Sie bleiben hier bei Mary!"

„Glauben Sie mir, ich würde meinen Hintern liebend gerne hier drin lassen, aber ihr tut niemand etwas, solange die Tür verriegelt bleibt. Zudem können wir zu zweit viel mehr tragen. Weitere Besorgungen zu einem späteren Zeitpunkt wären zu riskant, und wir können uns gegenseitig den Rücken freihalten."

„Er hat recht, Jerry. Ich komme hier schon allein klar."

Jerry sah sie einen Moment an und sagte: „Gehen wir."

*

Der Sheriff übernahm die Führung auf der verlassenen Straße.

Ich setzte meine Schritte bewusst, als könnte ich dadurch die Sekunden einzeln abhaken und kontrollieren, wie schnell die Zeit verging. Der niedrige Sonnenstand zeichnete die Gebäude scharf nach; diese strenge Teilung von Licht und Dunkelheit erinnerte mich an das gekalkte Verhörzimmer, derweil mir mein eigener Schatten verdrießlich an den Fersen klebte, als ob ich meine lohende Furcht hinter mir herschleppte. Jerry hielt die ganze Zeit über die Pistole mit dem Lauf nach unten an seiner Hüfte. Ich musste mich sputen, um nicht zurückzufallen. Gemeinsam brachten wir die hundert Meter hinter uns, was jedoch ewig zu dauern schien. Wir blieben ungesehen.

Die Regale in *Mendoza's Market* waren teilweise fast leer geräumt, die Auslagen mit Glas bedeckt. Konserven gab es in allen Variationen. Der Besitzer hatte nicht abgeschlossen und ließ sich auch nicht blicken, nachdem Jerry schon am Eingang seinen Namen gerufen hatte. Mendoza wohnte im ersten Stock; so mussten wir uns allein im Laden umsehen.

„Schnapp dir einfach eine der Kisten und mach sie voll, mit allem was dir schmeckt. Wenn schon gratis, dann im großen Stil." Er packte verschiedene Dosen ein, während ich zur anderen Seite des Raumes ging, um die Schränke dort um ihre Waren zu erleichtern. Dabei war ich nicht wählerisch und stopfte alles in die Pappbox. Dass wir großen Hunger haben würden, sah ich eigentlich nicht voraus. Die Kiste war am Ende ziemlich schwer, weshalb ich mir das Gewehr unter den Arm klemmen musste, um auch die andere Hand zum Heben zu benutzen. Jerry war vor mir fertig und trug seine Kiste bereits lässig mit nur einem Arm. Die Konserven klapperten, als wir uns am Durcheinander vorbei zum Ausgang bewegten. Dort blieb ich stehen.

„Führt der Typ auch Tabak?", fragte ich.

„Klar doch! Wir alle können wohl eine Fluppe vertragen. Mendoza hat das Zeug, glaube ich, hinten unter der Theke liegen. Vielleicht noch ein paar Flaschen Rum ..."

„Bin sofort zurück." Ich stellte die Kiste auf den Fußboden und begab mich in den hinteren Bereich. Tatsächlich fand ich verschiedene Tabaksorten unter einem Glasdisplay und den Rum auf einem Regal dahinter. Ich füllte mir die Taschen und ging um den Tisch herum, als mir auf einmal ein bleiches Gesicht aus dem Schatten entgegenstarrte! Ich wollte schreien, aber meine Stimmbänder versagten mir ihren Dienst und hingen wie eingefroren in meinem Rachen. Ein Röcheln war alles, was ich hinbekam, bevor ich zurückwich. Dabei stieß ich mit dem Gewehrgriff gegen die Scheibe der Vitrine. Sie ging zu Bruch, die Splitter schepperten zu Boden. Es klang wie das Echo der klappernden Büchsen in Jerrys Karton. Er rief mir etwas zu. Ich hielt das Gewehr in Brusthöhe, aber nicht wie eine Waffe, sondern als Talisman, ähnlich einem Kruzifix gegen Vampire.

„Schnell!" Jerry kam zwischen den Regalen in meine Richtung.

Ich sackte neben dem zerbrochenen Glaskasten zusammen. Jerry war bereits zur Stelle und packte mich an der Schulter, während die andere Hand mit dem Revolver zielte. Dann merkte ich, dass eigentlich keine Gefahr im Verzug war. Ich hatte mich zwar zu Tode erschrocken, doch die Situation besaß nichts Bedrohliches. Das Gesicht hatte sich nicht genähert, ich war es gewesen, der sich der Flaschen wegen nach vorne gebeugt und die fahlen Züge, regungslos wie Treibgut auf einem Schattenmeer, wahrgenommen hatte. Der Mann saß, mit dem Rücken gegen die Wand gelehnt, hinter der Theke, als habe der Tod ihn ganz unverhofft unter krampfhaften Zuckungen zu sich genommen.

Ich war fix und fertig. Mein ganzer Elan, meine Lebensgeister und selbst die Knochen schienen in ein Vakuum des Entsetzens gesogen worden zu sein. Immer noch schüttelte ich den Kopf, außerstande meine Bewegungen zu koordinieren. Ich hatte den Mann für lebendig gehalten und kein Entrinnen mehr gesehen, als er sich nach mir auszustrecken schien. An meine Waffe hatte ich gar nicht gedacht, nur auf seine Berührung gewartet.

„Mendoza", sagte Jerry, schob mich zur Seite und beugte sich über die Leiche, ohne sie zu berühren. „Sieht nach einem natürlichen Tod aus", meinte er. „Ein Infarkt vielleicht." „Sieht tatsächlich so aus."

Auf dem Rückweg zum Gefängnis gerieten wir mit den schweren Kisten an einen Wachtrupp, der aus der Gegenrichtung auf uns zukam. Die Männer hatten sofort ihre Maschinenpistolen im Anschlag.

„Ruhig bleiben!", blaffte Jerry.

„Nur nicht zu nahe kommen! Gehen Sie einfach weiter!"

Die Patrouille sah uns nach, ehe sie ihren Marsch fortsetzte. Vor dem Gefängnis blickte ich zurück. Die Kerle waren auf der Straße an *Mendoza's Market* vorbeigegangen; nun sah es so aus, als würden sie sich landeinwärts nach rechts schlagen – Richtung Sperrgebiet. Dann fielen mir im Wasser treibende Balken und Planken sowie ein Ölfilm auf, der sich langsam auf der Oberfläche ausbreitete. Der Schwertfisch hing immer noch an seinem Platz bei der Waage, vergessen für immer, während die grauen Kanonenboote weiterhin die Einfahrt zum Hafenbereich bewachten.

Wie lange wohl noch? Wann war es endlich vorüber?

*

Mary wartete bereits am Fenster auf uns. Ihr Gesicht sah hinter der Scheibe verwaschen aus, schien sich vor Angst aufzulösen. Die Wangen waren eingefallen, ihre Augen hingegen starr hervorgetreten. Jerrys Gruß schien sie nicht richtig wahrzunehmen, stattdessen wandte sie sich dem Inneren des Raumes zu; auch ihr Profil war im Fensterrahmen nur vage erkennbar. Als wir daran vorbeigingen, hörten wir, wie sie das Schloss entriegelte. Mary trat an die Sonne, sie weinte. Jerry verkrampfte bei ihrem Anblick seine Schultern; wäre nicht die volle Kiste zwischen ihm und Mary gewesen, er hätte sie gewiss sofort umarmt.

„Was ist, Mary?", fragte der Sheriff.

„Doc Winston ist hier", antwortete sie.

Wir gingen hinein. Der Chefarzt stand mit einer Zigarre in der Ecke, hatte die Arme auf dem Rücken verschränkt und vermittelte den Eindruck, als wollte er über Krankheiten dozieren.

„Ich freue mich, dass Sie es hierhergeschafft haben, Doc!", begrüßte Jerry ihn und stellte die Kiste endlich ab. „Dass Sie ausgerechnet zu uns gekommen sind ..."

„Miss Carlyle gibt sich weit weniger überschwänglich", entgegnete Winston. Er machte keinen aufgeregten Eindruck, hatte aber sicher schon eine Weile an seiner Zigarre gekaut; ihr Umblatt war bereits ganz wellig.

„Doktor Winston wurde verwundet", sagte Mary.

Der Sheriff erschrak. Ich konnte förmlich sehen, dass sein athletischer Körper bis zu den Haarspitzen unter Strom stand.

„Keine Sorge, Jerry. Er hat mich nicht berührt", fügte Mary rasch hinzu. „Als er an die Tür kam, habe ich ihm geöffnet und ihn hereingelassen, weil ich froh war, ihn zu sehen. Ich konnte ja nicht wissen ..."

„Wie ist das passiert, Doktor?", fragte ich.

„Es war einer der Verrückten, die hier offenbar überall herumschleichen. Deshalb bin ich auch sofort zu Ihnen gekommen. Vielleicht wissen Sie ja, was da vor sich geht. Es hat doch mit diesen Forschungen auf dem Gelände zu tun, nicht wahr? Als ich versucht habe, dort anzurufen, bin ich bei der Vermittlung nicht durchgekommen."

„Wann sind Sie angegriffen worden?"

„Was spielt denn das für eine ... oder etwa doch?" Winston schien so langsam zu verstehen und nahm die Zigarre aus seinem Mundwinkel.

„Es spielt eine Rolle, was? Sie wissen offensichtlich mehr. Worum handelt es sich? Ein chemischer Kampfstoff?"

„Doc, *wann*?", bohrte nun auch der Sheriff nach.

Winstons Miene zeigte deutlich, dass ihm Jerrys Ton missfiel. Seine natürliche Röte war einem etwas blasseren Teint gewichen, gegen den sich Jerrys sonnengebräunte kantige Züge mit der ausgeprägten Muskulatur grob abhoben.

„Vor knapp einer Stunde", antwortete der Doc schließlich und betrachtete uns alle genau, als könnte er etwas aus unserer Reaktion schließen. Winston war ein dicker, behäbiger Mann und bestimmt nicht gut bei Kondition. „Was ist es, Jerry? Dieses Ding in mir! Stecke ich Sie damit an, nur weil ich mich in Ihrer Nähe aufhalte?"

Jerry schienen die Worte zu fehlen, und so schlug ich vor: „Lassen Sie uns etwas trinken." Ich muss wohl relativ ruhig geklungen haben, denn Jerry warf mir einen dankbaren Blick zu. Ich öffnete eine der Rumflaschen aus dem Laden, Jerry organisierte Gläser; natürlich wollten wir nicht mit dem Doc gemeinsam aus einer Flasche trinken.

Winston blieb hinter dem Schreibtisch stehen, wir drei davor. Er nahm einen großen Schluck und leckte sich danach die Lippen. „Ausgezeichnet! Also, ist es nun tödlich?"

Die Initiative lag bei mir; was dieses Thema betraf, war der Sheriff sichtlich froh, seine Verantwortung abgeben zu können. „Nicht direkt", wich ich aus. Ich nippte nur, war unschlüssig, ob ich Winston die Wahrheit sagen sollte oder nicht. Jeder Mensch denkt anders über sein Ableben und hat ein Anrecht darauf, dem Tod auf seine eigene Weise entgegenzutreten. Wäre dies eine normale Krankheit gewesen, ob nun ausgesprochen qualvoll oder tödlich, so hätte ich nicht gelogen. Da die gegenwärtigen Umstände aber nun einmal nichts Gewöhnliches an sich hatten, unterlagen sie gesonderten Erwägungen und moralischen Maßstäben. „Sie halten das Gegenmittel im Labor zurück."

Jerry blickte mich kritisch an. Ich spürte, dass er meine Gedanken teilte, als er die Augen zusammenkniff und auf seine Stiefel schaute.

„Das war auch der Grund, weshalb Ihre Assistentin dort hingebracht wurde", fuhr ich fort. „Wir sollten diesen Stoff besorgen."

„Und ich dachte, ich sei geliefert, so wie Sie sich mir gegenüber benommen haben." Winston schien beruhigt, der Alkohol hatte gewiss dazu beigetragen. „Aber worum genau handelt es sich denn eigentlich? Eine besondere Abart der Tollwut?"

„So ungefähr."

„Mit so etwas macht man doch keine Experimente!"

„Das wissen die auch ... mittlerweile." Ich füllte unsere Gläser ein zweites Mal.

„Ob es wirklich ratsam ist, zu trinken?", fragte Mary. Sie hatte ihren Rum noch nicht angerührt. „Ich meine, sollten wir nicht lieber einen klaren Kopf bewahren?"

„Ich denke, es ist besser, wenn wir ein paar Drinks intus haben", fand Jerry.

Wir leerten unsere Drinks und schenkten immer wieder nach. Jerry und ich hatten den Rum bitter nötig, und auch der Chefarzt schien besonders darauf anzusprechen; dabei beobachteten wir Winston genau und erwarteten jeden Augenblick, dass sich erste Symptome zeigten. Würde es sich in einem unvermittelten Wutausbruch äußern oder eher schleichend anbahnen? Ich reichte ihm noch einen Rum.

„Sollten wir uns nicht allmählich um das Gegenmittel bemühen?" Seine Augen starrten mich über den Rand seiner Brille an. „Je früher man es verabreicht, desto besser!"

Er redete langsam, als würde er jedes Wort auf die Goldwaage legen. Ich war mir nicht sicher, ob er nur angetrunken war oder die Krankheit bereits seinen Sprachfluss beeinträchtigte. Er sah andererseits immer noch sehr verständig aus und wirkte nahezu ausgelassen. Ein schrecklicher Gedanke beschlich mich: Am Ende war er bereits eingeweiht und in Wirklichkeit derjenige, der uns an der Nase herumführte, indem er unsere Sorgen auf die gleiche Weise aus der Welt schaffen wollte, wie wir es gerade mit ihm versuchten.

Jerry grunzte und knallte sein Glas auf den Tisch. „Ich bringe Sie hinauf in die Sperrzone, Doc. Du bleibst hier bei Mary, Jack. Es wird nicht lange dauern."

„Lass mich das bitte übernehmen", schlug ich vor.

Jerry schaute mich an. Er wusste mein Angebot gewiss zu schätzen, und da er den Arzt im Gegensatz zu mir persönlich kannte, war er, so glaubte ich, einen Augenblick lang versucht, es anzunehmen. Dann wiederum vertraute er vielleicht nicht darauf, dass ich die Nerven behielt, nachdem ich mir bei Mendoza eine gehörige Blöße gegeben und nicht einmal an mein Gewehr gedacht hatte.

„Nein", entschied er schließlich. „Es ist besser, wenn *ich* gehe."

Winston schaute zwischen uns beiden hin und her und fragte: „Allein kann ich wohl nicht?" Wieder dieser Blick. Jerry dürfte ihn ebenfalls bemerkt haben.

„Kommen Sie, Doc!", forderte er ihn auf.

Nachdem die beiden das Gebäude verlassen hatten, setzte sich Mary an den Tisch und stützte den Kopf auf ihre Hände. Dabei sah sie mehrmals zu mir auf, nur um gleich wieder nach unten zu schauen. Alkohol war nun passé und ich hellhörig wie eine Stimmgabel, die nur darauf wartete, mit dem Fallen eines Schusses zu sirren.

Dazu kam es jedoch nicht. Jerry kehrte bereits nach wenigen Minuten zurück und hämmerte gegen die Tür, dass selbst die Zellengitter rappelten. Kaum hatte ich ihm geöffnet, stürmte er wutentbrannt an mir vorbei. „Ich Idiot!"

Ich schaute ihn verständnislos an. So hatte er sich in meiner Gegenwart noch nie benommen. Er trat vor die Stäbe, packte sie und rüttelte an ihnen. Ein Gefangener außerhalb seiner Zelle, und doch so verzweifelt. „Er hat es gewusst", begann er. „Ich bin ihm gefolgt, wurde aber immer langsamer, während er sich weiter sputete. So fiel ich zurück und blieb irgendwann stehen, als er zum Labor hin abbog. Dann bin ich zurückgegangen, habe ihn ziehen lassen. Ich habe es nicht übers Herz gebracht …!"

*

Irgendwann begann Mary zu kochen, doch niemand rührte das Essen an. Wir hatten schon lange keine Schüsse mehr gehört, und ich schaute alle paar Minuten aus dem Fenster, ohne etwas Bemerkenswertes zu entdecken. Der Ort war zur Geisterstadt geworden. Windböen bliesen eine Zeitung Richtung Strand; in der auffrischenden Brise flatterten die Seiten auseinander. Es heulte und pfiff in den Gassen, während ein Metallgatter an einem Landeplatz weiter unten an der Küste im steten Rhythmus klapperte. Der Schwertfisch war nun staubtrocken und sah nach Pappmaché aus. Er tat mir leid, lenkte mich so aber etwas von meiner eigenen Befindlichkeit ab. Die anderen bedachten die Umgebung gelegentlich ebenfalls mit einem Blick. Gleichzeitig taten wir es nie, sondern abwechselnd in willkürlicher Reihenfolge.

Jerry ergriff als Erster das Wort: „Da ist wirklich kein Mensch. Vielleicht legt es sich langsam. Patrouillen trampeln auch nicht mehr herum ... seltsam."

Nach ihm trat Mary ans Fenster. Sie sah den Strandwächter zuerst und lenkte unsere Aufmerksamkeit auf ihn. Er wirkte ganz unbekümmert, wie er allein dort unten an der Anlegestelle stand und hinaus zu den kreisenden Booten schaute, völlig ohne Sorge um etwaige Angreifer von hinten.

Ich atmete auf, weil ich dachte, es sei vorbei. Zumindest dieser eine Wachmann nahm das wohl auch an, wenn er sich derart arglos dort auszuharren traute. Die Schiffe schienen ihn besonders zu interessieren, als wartete er auf etwas. Jerry schob den Riegel zurück und ging hinaus. Er rief nach dem Typen, doch der bemerkte ihn nicht. Ich folgte Jerry. Erst beim zweiten Mal wurde der Sheriff erhört. Der Mann schüttelte sich beim Umdrehen in seiner weißen Uniform wie ein nasser Hund. Dann sah er uns.

Jerry atmete stoßartig aus, und ich wurde starr vor Schreck. Der Wachmann war ein Ghoul, bewegte sich aber nicht auf uns zu. Ganz locker blieb er stehen und glotzte uns an wie zuvor die Schiffe. Mit weißen, absolut leeren Augen!

Wir eilten zurück und schlossen hektisch hinter uns ab.

*

Die Lust am Hinausschauen aus dem Fenster war vergangen. Wir blieben der Scheibe fern, weil wir nicht sehen wollten, was da draußen vor sich ging – und wer vielleicht zu uns hereinschaute. Von Zeit zu Zeit schlurfte jemand, oder *etwas*, am Haus vorbei. Einmal klopfte es an der Mauer, doch niemand suchte ernsthaft Zutritt. Wir saßen am Schreibtisch in der Mitte des Büros und stierten auf unsere Hände.

„Wie sollen wir uns verhalten, wenn ein normaler Mensch hereinkommen möchte?", fragte Mary unvermittelt mit zittriger Stimme. „Ich meine, als Winston geklopft hat, habe ich ihm ganz selbstverständlich geöffnet. Wie können wir uns sicher sein?"

Wir blieben ihr die Antwort schuldig.

„Wir dürfen niemanden aussperren, der vielleicht nicht befallen wurde." Mary gestikulierte wild mit beiden Händen, als hätten wir widersprochen.

„Sollte dieser Fall wirklich eintreten, können wir die Person in die andere Zelle stecken, ein Auge auf sie werfen und erklären, dass es uns leid tut, wir aber kein Risiko eingehen möchten", schlug Jerry vor. „Falls sie nach fünf oder sechs Stunden noch in Ordnung ist, dann lassen wir sie frei."

Mary nickte. „Gute Idee."

Ich schüttelte den Kopf. „Die Sache hat nur einen Haken."

Die beiden sahen mich gespannt an.

„Angenommen, es stehen drei auf der Matte?

Rauschen sie hintereinander hier ein, sodass wir sie zusammenpferchen müssen, käme das einer tickenden Zeitbombe gleich. Wie bei einem Raubtier, von dem wir nicht wissen, ob es noch hungrig ist."

Jerry begriff und fluchte.

„Elston hat mir von dem Versuch berichtet, sie zusammen in einen Käfig zu stecken", schob ich hinterher. „Das Experiment soll aus wissenschaftlicher Sicht zwar interessant und aufschlussreich, der Anblick hingegen wenig schmackhaft gewesen sein."

„Wenn wir sie ununterbrochen beobachten, könnten wir bei der ersten unnatürlichen Regung einen Einzelnen erschießen, ohne dass die anderen zu Schaden kommen."

„Könnten wir das wirklich?", fragte ich nachdenklich.

Jerry ließ den Kopf hängen. Bei Winston war *er* unfähig gewesen; *ich* hatte ebenfalls schon versagt, und Mary? Wer wusste schon, wie sie sich verhalten würde?

„Vielleicht brächten wir es irgendwie fertig", relativierte ich schließlich.

„Andere Möglichkeiten?"

„Eine noch." Ich zögerte und wünschte, Mary würde schlafen, weil ich sie nicht noch weiter verstören wollte. Sie hörte jedoch aufmerksam zu. „Eventuell brauchen wir die Zelle für uns selbst", schloss ich ab.

„Wie meinst du das?", fragte Jerry.

„Sie sind unglaublich stark und könnten gewaltsam eindringen, wenn sie wollten. Nun ja, sie wollen natürlich nicht wirklich, weil sie ja keinen eigenen Willen mehr besitzen, sagen wir also: wenn sie dazu getrieben werden. Ich dachte eben, in einem solchen Fall könnten wir uns einsperren."

„Dort eingeschlossen sein, hinter Gittern kauern, während diese Monster uns ans Leder wollen, daran will ich erst gar nicht denken!" Jerry schnitt eine schiefe Grimasse, sein ganzer Oberkörper bebte wie bei einem Erdstoß. „Ich würde mich lieber frei bewegen können. Wenn es sein muss, rennen und schießen. Ja, dann könnte ich bestimmt feuern. Und verdammt, wir wissen ohnehin nicht, wie lange das alles noch andauert!"

Ich war selbst nicht begeistert von der Idee, wollte diese Option jedoch nicht unerwähnt lassen. „Vielleicht ist das alles nicht nötig", entgegnete ich. „Warten wir einfach ab."

Doch dann hielt ich mir das unlösbare Dilemma vor Augen, mit dem wir nicht allein auf dieser verdammten Insel waren.

Wir schwiegen, da es nichts mehr zu sagen

gab. Die Zeit rieselte träge dahin, wie auch das Tageslicht allmählich schwand. Uns stand eine lange Nacht bevor.

*

Wir saßen in unserem sicheren Kubus unter dem Kegel der Lampe, während in der Düsternis ringsum schleichender Verkehr herrschte. Ganz leise, als ob jemand die Mauern liebevoll streichelte. Sie spürten uns und streiften sanft an den Wänden vorbei, weil sie sich nach jenen sehnten, die sich dahinter aufhielten. Vielleicht hätten wir das Licht besser ausknipsen sollen, da es sie wie die Fliegen zum Gefängnis lockte; andererseits wäre ich aber bis zum Morgen bestimmt wahnsinnig geworden, wenn wir im Dunkeln gehockt hätten.

Wie ein Inhaftierter, der die Tage seiner Strafe abhakte, so schlug Jerry mit der Faust in seine Hand, nicht fest, aber im gleichmäßigen Takt, wie der Zeiger eines Metronoms. Mary hingegen verbarg ihr Gesicht, die Finger wie Klauen ins Fleisch gekrallt, und schauderte beinahe jedes Mal, wenn von draußen schlurfende Geräusche in den Raum drangen. Dann schaute sie kurz auf, als ob sie sich fast mit Gewalt dazu zwingen musste, bis die Hände schlussendlich ihre grämlich verzerrte Miene preisgaben.

Ich starrte an den beiden vorbei zur Zelle, deren Gitter schmale Schatten gegen die Wand warfen. Meine Wirbelsäule fühlte sich ähnlich steif an wie eine dieser Eisenstangen, fesselte mich an den Stuhl, der Oberkörper wie aufgespießt in einer gemeinen Eingeborenenfalle aus angespitzten Bambusrohren. Gleich einen ganzen Gitterrost hatte sich die Angst über mich geworfen, um meiner Seele dunkle Muster aufzudrücken. Ich atmete schwer, und dann keuchte auf einmal noch etwas anderes an der Tür. Jerry schaute hinüber. Seine Waffe lag auf dem Tisch, aber er machte keinerlei Anstalten, sie zur Hand zu nehmen. Der Atem schien von draußen durch die Ritzen zu dringen, obwohl die Tür dicht und stabil war. Mir allerdings kam sie plötzlich wie ein fragiles Tuchsegel vor, das sich blähte und jeden Moment umzuklappen drohte. Eine Hand fuhr über das Furnier, klopfte an verschiedenen Stellen, als suchte sie nach Schwachstellen, dann schlich sich unser Besucher wieder fort. Mit ihm verabschiedete sich ein weiterer Teil meines gesunden Menschenverstandes.

Das Zeitgefühl war mir abhanden gekommen, und auf einmal befand ich mich wieder in *Men-*

doza's Market. Die Vitrine war gerade erst zu Bruch gegangen, das Klirren wie Splitter in meinen Ohren. Gleichzeitig zuckte Marys Gesicht, während Jerry sich immer wieder mit dem ganzen Körper aufbäumte. Dann rissen sich meine Gedanken vom Laden fort und versetzten mich wieder ins Büro des Sheriffs. Ich wusste ganz sicher, dass hinter mir tatsächlich Glas zerbrochen war. *Das Fenster!* Ich dachte daran, wie Mary dort gestanden hatte, als wir zurückgekehrt waren. Gegen meinen Willen drehte ich mich um – und erblickte Sally, die Schiffshure, die ihre Arme durch die zerbrochenen Scheiben zu uns hereinstreckte. Eingefasst vom Fensterrahmen mutete ihr Torso wie ein Porträt an. Sie schnappte mit blutig zerschnittenen Händen nach mir und sah weit haarsträubender als die männlichen Ghouls aus, da sie auf eine perverse Art immer noch ihre feminine, sinnliche Seite hervorkehrte, zum Hohn dessen, was sie einst gewesen war. Offenbar wollte sie mich in der Tat zärtlich an ihre Brust drücken. Ich konnte meinen Blick nicht abwenden. Schließlich gab sie auf und zog von dannen.

Auf dem Boden glänzten die Scherben im Licht. Auch meine Welt lag darin, ihre kalten Bruchstücke stachen mir ins Herz, trennten das Nervenkostüm mit scharfen Kanten auf und wetzten traumatische Scharten in meine Seele. Es nahm überhand, die mahlende Furcht zerquetschte meine Eingeweide, ein verrohender Horror, der nichts als einen matten Stumpf von Mensch zurückließ. Ich rutschte hinab in die Finsternis, bewegte mich nicht mehr. Etwas streckte sich durchs Fenster, begrapschte die Mauern, plötzlich warfen die Gitterstäbe einen zweiten Schatten. Der Morgen graute.

Mary schüttelte sich wieder ins Hier und Jetzt zurück, als sei sie per Zeitsprung aus einer Paralleldimension gereist oder hätte das verschwommene Bild ihrer selbst neu fokussiert. Jerry stand ungelenk auf, und auch ich konnte mich wieder bewegen, wieder denken.

Wir hatten die Nacht überstanden.

*

Durch das Fenster sahen wir einen Zerstörer, nicht allzu weit entfernt vom Hafenbecken. Die Strapazen hatten mich so belastet, dass ich im ersten Gedankengang glaubte, die Navy wolle die Stadt beschießen. Was sie vorhatten, interessierte mich natürlich trotzdem, denn ein Zerstörer war wohl kaum notwendig, um eine kleine Flotte von Fischerei- und Motorbooten unter Quarantäne zu halten. Man hatte wohl eine Entscheidung getroffen; gezwungenermaßen, nachdem die ersten Trupps auf Streifgang infiziert worden waren. Vielleicht war es auch nur ein Einziger gewesen, derjenige, den wir gesehen hatten. Genau wissen konnte das jedoch wahrscheinlich auch das Militär nicht. In jedem Fall war ihnen dadurch eine Option genommen worden. Die Vernichtungsmission war mit dem ersten Befallenen aus ihren eigenen Reihen endgültig gescheitert, da man den Einfall der Ghouls ins Labor riskiert hätte, wenn die Patrouillen weiter auf Streife gegangen wären. Darauf wollte man es gewiss nicht ankommen lassen. Das erklärte den weitläufigen Rückzug der Soldaten, nicht aber, was gerade vor sich ging.

Etwas später knatterte ein Hubschrauber heran. Er war ziemlich groß und flog über uns hinweg Richtung Sperrzone. Lange hielt er sich nicht auf, denn er verschwand bald wieder in westlicher Richtung. Eine halbe Stunde danach folgte ihm ein zweiter, vielleicht war es auch der gleiche. Erneut konnte man bestenfalls von einem Zwischenstopp am Labor sprechen, ehe er zurückrauschte. Ich dachte zunächst an eine Truppenverstärkung. „Evakuieren die etwa das Gelände?"

„Gute Frage", fand auch Jerry und wollte dort anrufen, doch mittlerweile kam man selbst bei der Vermittlung nicht mehr durch. Er hielt uns den Hörer hin, der im Sinus der Ausweglosigkeit tutete, als wüsste das Gerät selbst nur zu gut, dass am anderen Ende niemand abheben würde und Verzweiflung angesagt war. Laut fluchend rammte Jerry den Hörer zurück auf die Gabel.

Ein paar Minuten später klingelte es. Erschrocken und verdutzt starrten wir einander an, ehe Jerry abnahm.

„Richtig", sagte er nach einigen Augenblicken. Gleichzeitig knarrte irgendwo draußen auf der Straße ein Lautsprecher. „Wir sind zu dritt ... Alles klar, um Punkt zehn Uhr ... Sicher doch ... Moment: Woher sollen wir wissen, ob jemand ... *sauber* ist? Kann man das erkennen für den Fall, dass wir wen aufgabeln?"

Ich lauschte gespannt, konnte jedoch nicht hören, was die Stimme am anderen Ende der Leitung sagte.

„Gut", verabschiedete sich Jerry schließlich und legte auf.

„Danke, Gott!", murmelte Mary bei sich.

„Wir sollen pünktlich sein. Sie werden nicht lange warten." Jerry ahnte offensichtlich meine Frage, denn er ergänzte sogleich: „Nein, sie wissen nicht, woran wir es festmachen können. Jeder muss sich am Pier von einem Arzt durchleuchten lassen."

„Dann haben sie wohl einen Weg gefunden", sagte ich hoffnungsvoll. „Dass Elston so versessen auf Autopsien war, hat vielleicht doch etwas Gutes bewirkt."

Jerry schien jedoch nicht sonderlich überzeugt.

Ein Laster fuhr mit unvermindert hohem Tempo zum Strand. Seine Boxen verbreiteten die Nachricht, die Jerry auch am Hörer empfangen hatte; man ging wohl das ganze Telefonbuch der Insel durch. Ich stellte mir dieses zwecklose Unterfangen vor, hörte die Geräte in all den verlassenen Häusern nacheinander klingeln, ohne dass jemand abnahm. Hinter den Planen der vorbeifahrenden Wagen sah ich Männer mit ihren Waffen im Anschlag; sie bogen auf die Pflasterstraße ab und beschallten die Stadt, damit wirklich jeder, der sich möglicherweise dort verkrochen hatte, die Informationen mitbekam und sie auch begreifen konnte. Nach je zwei Durchgängen erklang sie auf Spanisch. Regierungsmaßnahmen.

Mich bauten diese Anstrengungen wirklich auf, denn nun wusste ich, dass sich etwas bewegte und man endlich Nägel mit Köpfen machte. Zuvor hatte ich wohl, auch wenn ich es mir nicht eingestehen wollte, Angst davor gehabt, das Labor könnte überrannt worden und wir auf uns allein gestellt sein. Der Staat war zwar für diese Katastrophe verantwortlich, trotzdem beruhigte es mich, dass er weiterhin seine Funktion ausübte.

„Dem Himmel sei Dank!", sagte ich.

„Nicht so vorschnell, Jack!" Vom Fenster aus sah Jerry das anscheinend etwas anders. „Die sind ja überall!"

Ich stellte mich neben ihn und spürte, wie es mir beim Hinausschauen die Kehle zuschnürte: Die Lautsprecher hatten die Ghouls angelockt, sie sozusagen aus ihrer Lethargie gerissen und aus ihren Verschlägen getrieben. Sie näherten sich der Küste von allen Seiten, zwanzig ungefähr. Aus den Seitenstraßen und Lagerhallen schlurften sie hinter dem Lastwagen her. Diese Art Rattenfänger-Syndrom hätte Elston bestimmt ebenfalls als Nebenwirkung bezeichnet. Ich erkannte den Bärtigen aus dem *Red Walls* und zwei oder drei Männer, die sich auch im Zuge der ersten Welle infiziert haben mussten. Einige Frauen hatten sich angeschlossen, von denen eine ihren Säugling an der Brust trug; Reste eines aufgegebenen Mutterinstinktes, denn das Kind war tot. Da sie das Fahrzeug nicht einholen konnten, irrten sie ziellos umher, ließen einander aber in Ruhe. Nur selten stießen zwei zusammen oder streiften sich, wenn sie die Richtung wechselten; dann schlugen sie aus und schnappten in flüchtigem Zorn mit den Zähnen. Doch dieses viehische Verhalten währte nicht lange, da sie bereits im nächsten Augenblick stoisch weitertaumelten. Sie töteten sich also nicht mehr gegenseitig. Elston konnte auf das Feintuning ihrer Instinkte stolz sein.

Um neun Uhr landete ein Personenboot im Hafen und fuhr seine Brücke an der Anlegestelle der Navy aus. Diese lag etwas weiter entfernt, weshalb man schlecht sah, was genau passierte. Ich erkannte auf jeden Fall Soldaten in blauen Uniformen, die sich durch das seichte Wasser schlugen, während andere ihnen an Land entgegenliefen. Sie alle trugen Maschinengewehre und stellten sich in halbmondförmiger Anordnung auf. Aus dieser Formation lösten sich einige Männer in Weiß. Die gesamte Truppe befand sich auf der dem Meer zugewandten Seite der Umzäunung und ließ nun ein paar Kameraden in Tarnfarben seltsam klobige Gegenstände durch ihre Reihen tragen. Binnen Minuten entpuppten sich diese Objekte als Metallstangen und Planen, deren Aufbau jenen provisorischen Zelten ähnelte, die man bei Pferderennen um einen Gaul mit gebrochenem Bein aufschlägt, bevor man ihm nach längerem Hin und Her dezent den Gnadenschuss gibt, ohne die Zartbesaiteten im Publikum vor den Kopf zu stoßen. Wie gesagt: Dieses Lager errichteten sie in der Nähe der Absperrung vor den Soldaten. Nach getaner Arbeit kehrten die Hilfskräfte zur Anlegestelle zurück, während die Weißgekleideten unter Dach gingen.

Eine halbe Stunde noch.

Bis zum Pier der Navy lief man knapp zehn Minuten, und uns hielt nichts mehr an diesem Ort. Dennoch warteten wir, denn bei all dem Treiben dort unten hatten die Ghouls ihre Spaziergänge an der Küste keineswegs aufgegeben. Allerdings zeigten sie wenig Interesse und sahen von uns aus nicht einmal gefährlich aus, eher wie schwer Demenzkranke, die ihr Gebrechen gewaltig entstellt hatte, aber eben nicht bedrohlich.

„Schon komisch", bemerkte Jerry. „Eigentlich müssten wir aus Angst vor so vielen von denen aus der Haut fahren, aber irgendwie fand ich es schlimmer, als wir es nur mit einer Einzigen zu tun hatten und Sally das Fenster einschlug." Er sah mit zusammengekniffenen Augen in die Ferne, wodurch sich Grübchen um seinen Mund herum auftaten. Er wollte uns offenbar von dem bevorstehenden Spießrutenlauf ablenken.

Es war fünf nach halb zehn. Die Zeltplanen unten am Strand wehten wie Segel im Wind. Die

Männer in den Kitteln ließen mich an Astronauten oder Tiefseetaucher denken, als sie in ihren dicken Schutzanzügen heraustraten, zu denen sie schwere Lederhandschuhe und Helme mit getönten Visieren trugen. Wenn sie diese hochklappten, schimmerten ihre Gesichter umso fahler. Ganz offensichtlich handelte es sich um diejenigen, die für die Untersuchung der zu Evakuierenden verantwortlich waren. Also auch für uns, wie ich hoffte.

Zwanzig Minuten vor dem anberaumten Treffen beratschlagten wir, ob wir uns langsam Richtung Strand bewegen und die Ghouls dabei geflissentlich meiden oder uns mit einem schnellen Sprint zum Zaun durchschlagen sollten. Dass wir den Weg so oder so nehmen mussten, obwohl diese Kreaturen ihn säumten, war von vornherein klar gewesen. Als Alternative wäre uns nur die Pirsch durch das Labyrinth aus engen Straßen und Hinterhöfen geblieben, was aber umso gefährlicher war, da die Ghouls ohne Vorwarnung hinter jeder Ecke und in jedem Hauseingang oder Gässchen lauern konnten. Auf direktem Weg die Küste entlang war es uns zumindest möglich, jegliche Gefahr früh genug zu sehen. Unsere Frage lautete also: *Gehen oder rennen?*

Mary nahm die Antwort mit einer einzigen Bemerkung vorweg: „Ich glaube nicht, dass ich gehen könnte."

Wir wussten genau, was sie damit meinte. Also würden wir laufen. Vielleicht war das nicht die sicherste Art, da schnelle Bewegungen nur Aufmerksamkeit erregten und wohl den gleichen Effekt wie die Lautsprecher auf dem Laster hatten, doch andererseits zweifelten wir daran, dass unsere Nerven bei einem geruhsamen Gang durch diese Meute mitspielen würden. Ich erwartete, dass mein Herz explodierte, falls ich dem Drang nicht nachgeben sollte, die Beine in die Hand zu nehmen. Ganz entspannt hätte ich nicht zum Strand hinuntergehen können, während Bauch und Kopf mich instinktiv zur Flucht nötigten.

Um Viertel vor zehn brauste ein Lastwagen zu den Toren. Von der Ladefläche ergossen sich uniformierte und in Zivil gekleidete Gestalten zu gleichen Teilen. Sobald die Männer in den Schutzanzügen geöffnet hatten, eilten die Militärs hinein. Der Fahrer ließ seinen Wagen noch einige Meter vorwärts bis zum Zaun rollen, dann stieg er aus und rannte zu den Toren zurück. Ein zweiter und ein dritter Laster kamen. Die Insassen liefen alle schnurstracks durch die Schleuse zum Landungsboot. Da niemand untersucht wurde, nahm ich an, dies sei bereits im

Labor geschehen; am Pier prüfte man also nur uns und all die anderen auf Herz und Nieren, die aus der Stadt kamen. So genau ich auch hinschaute, konnte ich weder Elston noch Larsen entdecken; sie mussten die Insel demnach bereits mit einem der beiden Hubschrauber verlassen haben.

Auch für uns war es nun höchste Zeit. Wir stürmten regelrecht aus der Tür, Jerry voran, dann Mary und ich als Nachhut, wobei ich ihr dicht an den Absätzen klebte. Unser Weg führte geradeaus zum Zaun am Strand, stets mit dem errichteten Lager im Blick, wenige Zentimeter an einem Ghoul vorbei, der sich umdrehte und uns angaffte, die Verfolgung aber nicht aufnahm, wie ich nach einem kurzen Blick über die Schulter erleichtert feststellte. Zwei weitere näherten sich zögerlich und stolperten übereinander, woraufhin sie sich tonlos anfauchten und beißen wollten. Schon liefen wir am Zaun entlang, und entgegen all unserer Bedenken war es leicht gewesen. Wir gelangten problemlos bis zur Schleuse und hatten dabei allenfalls mit unseren Nerven und Lungen zu tun, die aus dem letzten Loch pfiffen.

Andere waren schon vor uns angekommen. Sechs Personen hatten es aus den nahe gelegenen Straßen der Stadt zum Zaun geschafft, wo sie einander misstrauisch beäugten. Die Tore waren wieder dicht, die Visiere der Ärzte ebenfalls. Das schwarze Glas warf das Sonnenlicht zurück und blinkte wie das Sternenzelt bei Nacht. Die Männer blieben gesichtslos, unmenschliche Außerirdische. Wir machten keuchend neben den Wartenden halt, woraufhin Jerry gleich ein Gespräch mit jemandem anfing, den er offensichtlich näher kannte. Vier weitere Flüchtlinge aus der Stadt preschten ebenfalls mit allem heran, was ihre Kondition hergab, darunter auch eine Frau, die völlig aufgelöst flennte.

Einer der Ärzte sprach unter seiner Haube: „Gut, einer nach dem anderen. Begeben Sie sich unter die Plane und nehmen Sie Ihre Kleidung ab. Alles!"

Am Tor blieb er stehen. „Alle anderen zurücktreten! Bewegung!"

Irgendjemand stieß die panische Frau vorwärts. Der Untersuchende ließ sie passieren, während die Blaumänner uns mit ihren Maschinengewehren in Schach hielten. Zwei von ihnen standen etwas abseits und richteten ihre Läufe auf die Frau. Dann schloss derjenige im Schutzanzug wieder die Schleuse. Die Frau machte sich ans Ausziehen, zwei weitere Ärzte begleiteten sie ins Zelt. Die Planen waren schlicht und ergreifend der Sittsamkeit wegen hochgezogen worden. Wir durften unsere Privatsphäre bewahren! Im Angesicht eines solchen Debakels spielte man den Anstandswauwau, so festgefahren war die Obrigkeit! Damit einher ging für mich allerdings eine betrübliche Erkenntnis: Ich hatte zu viel von unseren Rettern erwartet. Auch sie konnten das Übel nicht frühzeitig aufspüren; man strippte und untersuchte uns bloß auf frische Wunden oder Verletzungen, durch die eine Übertragung stattgefunden haben könnte.

Da ich völlig überdreht war, erwartete ich zunächst nicht, dass sich das in irgendeiner Weise negativ auf uns drei auswirken könnte. Die Frau wurde aus dem Zelt zur Anlegestelle geschickt. Sie stolperte schluchzend voran. Wieder öffneten die Tore sich, der Nächste war an der Reihe. Als Jerry plötzlich einen Schritt vorwärts tat, richteten sich sofort alle Waffen auf ihn. Er erstarrte und hob die Hände auf Schulterhöhe.

„Hier ist noch eine Frau", bemerkte er und zeigte auf Mary.

Der Mann an der Schleuse nickte. Wie schwarze Flammen glomm sein Helm in der Vormittagssonne. Kein Ghoul hatte sich auch nur in die Nähe der Anlage begeben; sie trieben sich nach wie vor drüben beim Gefängnis herum.

Jerry fasste Mary sanft an der Schulter und

schob sie zum Durchgang, trat aber selbst wieder zurück. Sie sah sich nach ihm um und versuchte zu lächeln, während sie weiterging. Der Gesichtslose stand bereit, die Schleuse zu öffnen, sobald der zuvor eingetretene Mann im Zelt abgefertigt worden war, als er auf einmal stutzte. Den Grund dafür wusste ich sofort: Er hatte den Verband an Marys Bein entdeckt. Fürchterliches Entsetzen machte sich in mir breit.

„Nehmen Sie den Verband ab!", befahl er.

„Was meinen Sie?", fragte Mary, die nicht sofort zu begreifen schien.

„Wir müssen Ihre Verletzung anschauen, Miss."

„Was? Oh, das! Das ist nichts weiter ..." Sie hatte einen ungezwungenen Ton angeschlagen, da sie wohl glaubte, ihre Erklärung würde ausreichen. „Ich habe mich gestoßen, aber es ist nicht das, was Sie denken." Am Ende hörte sie sich jedoch immer weniger selbstsicher an.

Die schwarze Maske blieb ausdruckslos. Ich wusste, dass die Miene dahinter im Augenblick nicht weniger abweisend aussah als die Fassade.

Mary beugte sich vor und entfernte die Binde. Die Wunde war unansehnlich rot.

Der Aufseher starrte sie an und sagte: „Es tut mir leid."

„Was soll das!", brauste Jerry auf. Hinter dem Zaun zielte man immer noch auf ihn.

„Es tut mir sehr leid, Miss", tönte es wieder. „Eine weitere Untersuchung erübrigt sich. Personen mit offenen Wunden dürfen die Insel nicht verlassen."

„Es hat doch nichts ... *damit* zu tun!", kreischte Mary und zeigte in Richtung der Ghouls. Ihr Schrei lenkte die Gewehre von ihrem Freund auf sie selbst.

Der Helm bewegte sich von links nach rechts, vielleicht zur Verneinung und damit als Geste, um der Entscheidung Nachdruck zu verleihen. Oder war es Mitleid? Der zweite Untersuchte war inzwischen aus dem Zelt gestapft und bereits auf dem Weg zur Landungsbrücke. Hinter uns fing man zu drängeln an; die Leute wollten die Schleuse endlich hinter sich bringen.

Eine Stimme unter der Plane rief: „Was ist? Schickt mir den Nächsten herein!"

„Treten Sie zurück!", mahnte uns die Maske. „Sie halten den Betrieb auf. Ich warne Sie!" Er drehte seinen behelmten Schädel kurz zur Seite in Richtung der bewaffneten Wachleute. Sie waren schussbereit.

Mary trat schweren Herzens aus dem Weg. Jerry ging an ihr vorbei und trat dem schwarzen Visier mit einem Gesicht entgegen, das auf andere Art gläsern, fast zerbrechlich wirkte. Hätte sein Gegenüber menschliche Züge erkennen lassen, wäre eine Diskussion vielleicht möglich gewesen, doch so prallten die Blicke der beiden bloß aneinander ab.

Für mich war er in diesem Augenblick ein offenes Buch, als wären unsere Hirne per Kabel miteinander verbunden, das mir seine Gedanken übermittelte. Er hätte gern seinen Revolver gezogen und den Mann über den Haufen geknallt, der Marys Rettung im Weg stand, wusste aber, dass es keinen Zweck hatte. Nein, das würde alles nur noch schlimmer machen. Er erschossen, während Mary immer noch auf Pelican bleiben musste. Ohne ihn. Es dauerte scheinbar ewig, bis er sich zu uns umdrehte.

*

Wir traten den anderen aus dem Weg und schauten zu, wie sie hintereinander durch das Tor gingen. Niemand wurde zurückgewiesen.

Mary war ruhig geblieben, bemerkenswert ruhig. „Es ist die gleiche Entscheidung, vor der wir gestern gestanden sind", meinte sie, „als wir im Gefängnis über den Fall nachgedacht haben, dass jemand um Einlass bittet."

„Nein, ist es nicht", widersprach Jerry heiser, doch Mary hatte recht.

Nachdem alle durch die Schleuse gelangt waren, betrachtete uns der Wachmann.

„Bitte, Jerry!", flehte Mary. „Geh!"

„Nun, wahrscheinlich sollte ich das tun", entgegnete er.

Mary wimmerte, aber es war schwer zu bestimmen, ob es sich um einen erleichterten Seufzer oder um Enttäuschung handelte. Unser aller Gefühlsleben stand Kopf, da Prinzipien wie Zwischenmenschlichkeit hier nichts mehr galten. Mary traf dies natürlich am härtesten, zumal sie sich in ihrer Verwirrung wahrscheinlich sogar noch schuldig fühlte: ohne sie, hätten wir passieren können.

„Noch jemand?", fragte der Wachmann kleinlaut, als sei ihm seine Aufgabe selbst zuwider.

„Jack ... du musst nicht bei uns bleiben", meinte Jerry.

Ich *wollte* gehen. Mein Körper drängte bereits Richtung Schleuse, sodass ich mich zusammenreißen musste. Die Knochen machten sich deutlich bemerkbar, getrennt vom fleischlichen Rest, indem ihr Gerüst mich am Platz fixierte. Ich schüttelte den Kopf gegen meine eigenen Instinkte, nicht gegen Jerrys Freispruch.

„Bitte geh!", meinte nun auch Mary. „Das erleichtert die Sache für mich."

Und Jerry fügte an: „Zu zweit werden wir die Vorräte auch langsamer aufbrauchen, Jack."

Ihre Worte klangen so verführerisch, dass ich schon befürchtete, mein Ehrgefühl wäre nicht stark genug, bis ich mich schließlich *Niemand mehr!* rufen hörte.

Der Wachmann sah noch einmal zu uns herüber, nickte und ging. Die Uniformierten machten sich daran, den Pier zu verlassen. Sie bewegten sich wie bei einem Routinemanöver oder einer Parade. Die Welt mochte verrückt geworden sein, aber sie funktionierten wie eh und je. Das Zelt blieb stehen; die offenen Planen peitschten im Wind, als sei den Bewohnern ihr Campingausflug in die Hölle zu bunt geworden.

Jerrys schwere Hand schloss sich in einer Geste der Dankbarkeit um meine Schulter. „Wäre es um deine Freundin gegangen ...", begann er umständlich.

Ich war mir über meine eigenen Gedanken nicht mehr im Klaren. Ein Soldat nach dem anderen scherte aus der Kolonne aus und stieg ins Landungsboot, wo die Männer in den Schutzanzügen schon warteten. Wir drei blieben in einer Reihe vor den Toren zurück; man glotzte uns von der anderen Seite aus an. Die Köpfe der Bootsinsassen wirkten wie von ihren Körpern losgelöst und zur Abschreckung auf die Pfähle eines Verteidigungswalls gesteckt.

Als die letzten die Brücke nehmen wollten, hastete ein Ghoul aus einer der Seitenstraßen heran. Wie ein aufgebrachter Gorilla warf er sich gegen den Zaun und versuchte darüberzuklettern. Er bewegte sich zielgerichtet, was mich an Jerrys Geschichte von der einzelnen Ratte im Beutel erinnerte. Schon erreichte er das obere Ende des Zauns mit einer Hand und stieg über den Stacheldraht. Er blutete am Arm. Als er Schwung nahm, stierten die anderen Ghouls ihn wie in tiefer Bewunderung an, als neideten sie einem Virtuosen seine außergewöhnliche Behändigkeit.

Das Schlusslicht auf der Brücke drehte sich um und entdeckte den Ghoul. Das Gesicht des Kerls strahlte entschlossen, und obwohl seine Kameraden ihn zur Eile anhielten, legte er an. Wie am Schießstand nahm er sich alle Zeit der Welt, um sein Ziel ins Auge zu fassen. Es bestand kein Anlass, den Ghoul niederzustrecken; der Wachmann hätte sich geruhsam aufs Schiff begeben können, wurde aber von einem uralten Trieb gepackt, gegen den zeitgenössische Logik nichts ausrichten konnte. Mit der ersten Salve flogen ihm Patronenhülsen über die Schulter und schillerten in der Sonne. Knochen brachen, Organe quollen aus dem Leib des Ghouls, und sein Blut hing als Sprühnebel in der Luft, während er bei jedem Treffer zuckte. Nach einem letzten Aufbäumen fiel er, hatte sich jedoch mit der Hand im Draht verfangen und blieb hängen. Er baumelte wie eine überreife fleischige Frucht am Zaun und verlor literweise Blut.

Der Soldat verzog das Gesicht und wirkte sichtlich zufrieden. Bevor er weiter die Rampe hinaufging, betrachtete er einen Augenblick die leeren Patronen auf dem Boden wie Runenstäbe, die er selbst ausgeworfen hatte. Dann trat er sie ins Wasser und brachte sich endlich ins Boot, woraufhin man die Brücke einzog und ablegte.

Wir waren allein.

Mary verbarg ihr Gesicht an der Brust ihres Freundes und drückte ihn an sich wie ein Schutzschild gegen das Bild des leblosen Ghouls.

Jerry strich ihr übers Haar. „Wir kehren zum Gefängnis zurück", schlug er vor.

„Wieder?" Es klang wie durch eine Decke, als sie in ihrer Kauerstellung gegen seine Brust sprach. „An diesen Monstern vorbei?"

„Dort ist es am sichersten."

„Jerry, als wir fortgegangen sind ...", ließ ich ihn zögernd wissen, „habe ich die Tür offen gelassen."

Jerry zuckte zusammen. „Nicht gut. Sie könnten sich dort breitgemacht haben."

„Wie wäre es mit einem der Laster?", schlug Mary vor.

„Die scheinen sie magisch anzuziehen", antwortete ich.

„Wenn wir aber gar nicht erst anhalten?", hielt Jerry dagegen und sah sich um. In einiger Entfernung zum Gefängnis hing der Ghoul immer noch an seiner Hand wie der Schwertfisch, den niemand mehr wiegen, vermessen und filetieren würde. Er war noch nicht vollständig ausgeblutet, verspritzte aber kein Blut mehr; sein Herz hatte aufgehört zu schlagen, dicke Tropfen fielen in den Sand. Unterdessen tapsten die anderen Ghouls weiterhin ziellos durch die Landschaft. „Die Laster sind nicht so stabil wie Gefängnisgitter. Wir sollten einen Ort finden, an dem wir uns zur Wehr setzen können."

Mary erwähnte das Labor. „Wir werden einen Lastwagen zum Gelände nehmen. Vielleicht funktioniert das Telefon dort noch, sodass wir zumindest Kontakt mit der normalen Welt herstellen können."

Der Meereswind zerzauste Jerrys Haare. Er hatte seinen Stetson irgendwo auf dem Weg zwischen Gefängnis und Zaun verloren. „Wie sieht es dort aus, Jack? Kann man sich da verteidigen?"

Ich erinnerte mich nicht mehr. Nur an den

weißen Raum, Elstons Labor und die widerliche Grube, aus der schwarzer Rauch aufgestiegen war. „Der Leuchtturm!"

„Gute Idee!", pflichtete Jerry mir bei.

Mary zeigte sich ebenfalls begeistert. „Dort finden wir auch Sam Jaspers Verpflegung. Und wir müssen nicht zum Gefängnis zurück."

„Wie steht es um die Gezeiten?", wollte ich wissen.

„Wir nehmen den Seeweg", meinte Jerry und schaute sofort ins Hafenbecken, wo John Tates Kutter untergegangen war. Der Zerstörer befand sich noch in der Bucht, umgeben von Kanonenbooten. Die Entscheidung, ein Schiff zu nehmen, war angesichts dieser Ausgangssituation nicht ratsam.

Mary dachte laut nach: „In einer halben Stunde könnten wir es über das Riff schaffen."

„Die Monster auch", bemerkte Jerry.

„Aber nur nacheinander. Wenn es sein muss, könnten wir sie einzeln niederschießen", gab ich zu bedenken. „Falls sie uns überhaupt folgen."

„Das allerdings auch nur bei Tageslicht."

„Mhm."

„Moment! Diese Ghouls meiden doch das Wasser und werden es demnach nicht überqueren, oder?", warf Jerry ein. „Das Riff bietet keinen sonderlich festen Untergrund. In einem der

Laster müsste sich ein Montiereisen auftreiben lassen, damit könnten wir ein paar Felsen herausbrechen und so den Weg hinter uns abschneiden. Sollte eigentlich funktionieren."

„Eine bessere Möglichkeit haben wir wohl nicht", fand ich. „Im Zweifelsfall wäre ich auch lieber dort als hier. Außerdem wird man uns dort wohl eher zu Hilfe kommen. In ein, zwei Tagen müssten Boote oder Helikopter eigentlich merken, dass wir uns nicht angesteckt haben."

„Ich bin auch dafür", half Mary. „Alles ist besser, als hierzubleiben oder ins Gefängnis zurückzukehren und darauf zu warten, dass sie eindringen. Zum Leuchtturm also!"

Wir waren dann doch froh über diese Entscheidung. Wenigstens konnten wir noch über uns selbst bestimmen.

Jerry öffnete die Fahrertür des ersten Lastwagens; die Schlüssel steckten. Wir nahmen geschlossen vorne Platz, Mary saß in der Mitte, der Sheriff fuhr. Er wartete ein paar Sekunden mit der Zündung, trat aber sofort aufs Gas, sobald er den Schlüssel umgedreht hatte. Wir fuhren direkt auf die Ghouls zu, sodass sie uns gar nicht übersehen konnten. Jerry blieb im ersten Gang und behielt die Richtung bei, ohne dass sie zur Seite gewichen wären. Das Fahrzeug faszinierte sie offenbar. Ein großes Etwas, das sich bewegte. Als wir auf die Meute zufuhren, nahm Jerry eine Hand vom Lenkrad, als wollte er hupen. Er grinste grimmig in dem Bewusstsein, dass er sich beinahe dazu hinreißen hatte lassen. "Wir werden nicht an ihnen vorbeikommen, also mitten hinein ins Vergnügen!"

Mary wäre wahrscheinlich am liebsten schon hinter den sicheren Mauern des Turmes gewesen. "Geht es nicht schneller?"

"Ich will sie nicht zu fest rammen, damit uns verbeulte Kotflügel nicht die Reifen aufschlitzen oder der Kühler sich in den Lüftungsventilator drückt. Ich schiebe sie bloß aus dem Weg."

Es wurden mehr. Ein Ghoul klammerte sich ebenfalls an den Zaun und schaukelte an einer Hand hin und her, als hätte er Gefallen daran gefunden. Der nächste kam aus dem Gefängnis und starrte in die Sonne, ohne zu blinzeln. Ob er dadurch blind wurde? Andererseits hätte das wohl keinen großen Unterschied ausgemacht.

Jerry hatte jemanden entdeckt. "Hey, das ist Joe Wallace! Mit ihm habe ich gelegentlich Karten gespielt ... Tim Carver ... Ike Stanton ... Scheiße, ich kenne diese Leute! Oder besser gesagt, ich kannte sie, als sie noch Menschen waren ... Mrs. Jones ... Grauenhaft! Der Junge der Carpenters, er war doch erst sieben!"

Ich folgte seinem Blick und entdeckte ein Kind, dessen Gesicht im geifernden Irrsinn vorzeitig gealtert war. Man erkannte es überhaupt nicht mehr als das eines Knaben. Ich erinnerte mich an Larsens Aussage: Die Kleinsten waren besonders schlimm anzusehen. Insgesamt hielten sich inzwischen mehrere Dutzend Ghouls am Strand auf. Männer, Frauen und Kinder. Wie viele sonst noch in der Stadt waren, konnten wir genauso wenig abschätzen wie die Zahl derer, die bereits hinüber waren.

Irgendwie schienen sie alle etwas von ihrer alten Persönlichkeit beibehalten zu haben. Jeder mochte das gleiche ausdruckslose Gesicht haben, aber in ihren Bewegungen unterschieden sie sich doch voneinander. In dieser Hinsicht gab es kein Muster. Sie gingen alle auf ihre Art, hüpften wie Frösche oder krochen am Boden; die einen standen gerade, die anderen humpelten gebeugt mit nach unten gerichtetem Haupt, als schämten sie sich für ihren Zustand. Die meisten hatten sich Verletzungen zugezogen. Einem Jugendlichen fehlte der Arm von der Schulter an; er hielt ihn in der anderen Hand. Der Schädel einer Frau sah wie ein Nadelkissen aus, gespickt mit unzähligen roten Punkten. Einem anderen Ghoul fehlte der Unterkiefer. Ich war fasziniert und angeekelt zugleich.

„Da ist mein Hut!", rief Jerry plötzlich und fasste sich an den Kopf.

Der weiße Stetson lag vor dem Gefängnis auf der Straße. Fast erwartete ich, dass der Sheriff nun anhielt, um ihn aufzuheben, aber er fuhr weiter frontal auf die Ghouls zu. Sie wichen nicht aus, ließen sich aber in ihrer Teilnahmslosigkeit geradezu handzahm zur Seite drücken. Ich wollte darin einen Lichtblick erkennen: Vielleicht flaute die Aggression ab, da sie nur im Anfangsstadium symptomatisch war und mit der Zeit schwand. An diese Hoffnung klammerte ich mich verbissen, bis wir angegriffen wurden.

Ein Ghoul zeigte seine widerliche Fratze am Fenster. Mary kreischte auf. Ein lautes Klopfen an der Karosserie, dann wackelten sie daran. Jemand trommelte aufs Dach, und vorne schien es ein anderer auf das Armaturenbrett abgesehen zu haben. Die Windschutzscheibe zersplitterte sternförmig. Jerry trat fluchend das Gaspedal durch, bis die Reifen quietschend durchdrehten, doch der Wagen bewegte sich kaum vom Fleck. „Sie halten uns an der hinteren Stoßstange fest!"

Im nächsten Moment löste sich das Metall mit einem lauten Knirschen vom Rest des Fahrzeugs, und wir machten einen gewaltigen Satz nach vorne. Jerry würgte den Motor ab. Er betätigte gleich wieder den Anlasser, aber das Ding stotterte bloß. Die Maschine sprang nicht mehr an. Ich befürchtete, der Motor hätte etwas abbekommen, und muss Jerry wohl angebrüllt haben. Auch Mary hörte gar nicht mehr mit dem Schreien auf. Schließlich drehte der Motor wieder hoch. Als wir endlich anfuhren, verabschiedete sich die Tür der Fahrerseite mit einem metallischen Kreischen. Mehrere Ghouls hatten daran gezogen und stürzten nun hinterrücks auf die Straße, wobei die Tür in hohem Bogen durch die Luft segelte, als würde jemand einen Drachen steigen lassen.

Kurz danach hatten wir den Pulk hinter uns und konnten schneller fahren. Ich blickte in den Rückspiegel – die Ghouls hatten die Verfolgung aufgenommen! Jerry hing mit dem Oberkörper über dem Steuer und musste sich weiterhin Marys Gezeter sowie meine Anfeuerungen anhören, damit er noch mehr Gas gab. Murrend fasste er sich wieder an die Stirn, sein Hut musste ihm wirklich fehlen.

Endlich kam der Leuchtturm vor uns in Sicht, grau und unansehnlich; aber obwohl eigentlich nur noch die dämonischen Wasserspeier an der Fassade fehlten, erschien er mir in diesem Augenblick wunderschön. Ein Symbol der Hoffnung. Jerry bremste beim Einlenken, sodass wir noch einige Meter seitwärts rutschten, bevor der Laster knapp vor den Felsen zum Stehen kam. Die Wellen wichen gerade zurück und entblößten die schwarzen Klippen bis zum Fuß des Gebäudes. Wir blieben noch ein paar Sekunden sitzen, obschon wir es uns zeitlich eigentlich nicht leisten konnten, doch unsere emotionalen Batterien waren völlig leer.

Jerry kramte eine Montierstange aus dem Werkzeugkasten hinter seinem Sitz hervor. „Damit müsste es klappen."

Als ich mich umdrehte, waren große Teile der Insel aus unserem Blickwinkel verschwunden. Falls die Ghouls auf dem Weg zu uns waren, sahen wir sie nicht rechtzeitig, allerdings reichte ihre Aufmerksamkeitsspanne ohnehin nicht so weit, dass sie dem Objekt ihrer Begierde nachgespürt hätten, nachdem es ihnen durch die Lappen gegangen war. Zu befürchten war nur, dass sie sich in ihrer Trägheit einfach weiter in unsere Richtung bewegten.

Als Jerry an der offenen Seite hinausgesprungen war, schaute auch er zurück, den Revolver in einer und das Eisen in der anderen Hand. „Die Luft ist rein", stellte er fest. „Wir haben es wohl geschafft."

In diesem Augenblick langte ein Arm übers Dach. Ich erinnerte mich wieder an die Schläge von oben und ließ in meiner Verwunderung den Mund offen. Dann fing ich zu schreien an und warf mich über Marys Knie. Die fremde Hand hing am Gelenk geknickt in der Luft, wo sie sich zaghaft immer weiter nach unten ausstreckte, bis sie Jerrys Schulter zu greifen bekam. Doch der reagierte nicht. Er hatte mich wohl im Tosen der Wellen nicht gehört, hielt die Hand wahrscheinlich für meine und nahm an, ich wollte ihm etwas sagen. Der Weg, den wir hierher genommen hatten, schien ihn nach wie vor zu beschäftigen. Erst als die Hand kräftiger zupackte, blickte er sich um, ließ das Werkzeug fallen und wollte den Revolver benutzen, doch da hatte der Ghoul seinen nicht eben leichten Körper bereits im Griff und zog ihn zu sich hinauf auf das Dach des Führerhauses. Ich sah gerade noch die blanke Stiefelspitze, mit der Jerry wie wild um sich trat.

Tür auf und mit einem Satz hinausgerollt, das Gewehr nach oben gerichtet. All dies vollzog ich wie in Zeitlupe. Oben auf dem Dach lagen die beiden im Clinch wie ein verschrobenes Liebespaar. Das Monster über Jerry, der sich wand und die Kreatur von sich zu stoßen suchte. Ich gab keinen Schuss ab, sondern blieb wie vom Blitz getroffen stehen. Jerry drückte seine Waffe gegen die Bauchdecke des Wesens und begann vor meinen Augen, es mit Blei vollzupumpen. Der Angreifer zuckte bei jedem Treffer des großkalibrigen Revolvers. Jerry spannte und schoss mit krasser Präzision rasch hintereinander und so lange, bis er das Rückgrat seines Widersachers perforiert hatte. Wie bei einem Fisch traten die Knochen hervor, ehe der Leib mit einem deutlichen Krachen in der Mitte brach und die Glieder an beiden Körperenden erschlafften. Jerry stemmte den Ghoul von sich und rollte sich vom Dach, während der Tote ausgestreckt liegen blieb. Seine Arme hingen an den Seiten des Lasters herab, sein Gesicht aber war auf mich gerichtet; er schien noch zu leben und zuckte tatsächlich ansatzweise, obwohl sein Rückgrat in zwei Hälften gerissen worden war.

Ich eilte hinter das Fahrzeug, wo Jerry keuchend im Sand saß und seinen linken Arm begutachtete. Als ich mich neben ihn kniete und seine Haut ebenfalls in Augenschein nahm, entdeckte ich eine dünne, rote Linie. Jerrys Haut war ganz weiß, dort, wo der Ghoul mit seiner unmenschlichen Kraft zugedrückt hatte. Auf diesem Untergrund nun zeichnete sich ein schmaler Strich wie eine Laufmasche ab. Ein Tropfen Blut quoll aus der Schramme.

„Scheiße", wimmerte Jerry ganz leise. „Verdammte Scheiße ..."

Dann schaute er zum Leuchtturm, der direkt vor uns und jetzt für ihn doch unerreichbar weit in der Ferne stand und grau und untröstlich seinen Schatten über uns warf.

*

Mary klammerte sich an ihren Freund. Wehklagend und mit voller Wucht hatte sie sich gegen seine Brust geworfen, als wollte sie ihm in ihrer Verzweiflung etwas antun. Seinen linken Arm streckte er sorgsam von sich. „Ich gehe zurück", sagte er.

Sie weinte. „Nein, Jerry! Nein!"

„Ich kann sie eine Weile aufhalten", meinte er ruhig. „Und so viele wie möglich um die Ecke bringen." Er schaute erst Mary an und dann mich. Ich verstand, nahm sie an den Schultern und zog sie von ihm weg. Sie wehrte sich gegen mich, redete zusammenhanglose Worte ohne Bedeutung, die von Empfindungen herrührten, die seit Beginn der Menschheit bestehen und so tief verinnerlicht wurden, dass jede Form von Sprache bei ihrer Beschreibung versagen muss. Sie schlug nach mir, weshalb ich mich gezwungen sah, sie fester anzupacken. Jerry lud unterdessen seinen Revolver nach; die Beflissenheit, mit der er die Patronen in die Kammern steckte, war bemerkenswert. Er ließ die Trommel wieder einrasten und steckte sich die übrigen Patronen an den Gürtel, bewegte beim Zählen die Lippen mit. Ich wusste, er wollte keinen folgenschweren Fehler begehen. Die letzte Kugel war ihm sehr wichtig.

„Jerry ..." Ich versuchte, etwas Sinnvolles zu sagen, aber was folgte, waren lediglich unpassende Worte: „Es tut mir leid, Jerry ... ich bin froh, dich gekannt zu haben."

Mary streckte sich nach ihm aus und machte die Finger krumm. Nicht einmal küssen konnten die beiden sich zum Abschied.

„Mary, ich ...", begann er, doch im gleichen Moment, als ihm die Augen übergingen, brach seine Stimme. Er raffte seinen wuchtigen Körper auf und kehrte uns den Rücken zu. Kein einziges Mal drehte er sich um, als er allein dorthin zurückging, von wo wir zu dritt gekommen waren. Sein Kreuz war starr, ich erkannte noch, wie er sich wieder an die Stirn fasste. Sicherlich hätte er seinen Stetson nun gerne zum Schutz gegen die Sonne aufgehabt.

„Mary, bitte gehen Sie zum Leuchtturm!", sagte ich eindringlich.

Sie missachtete meine Worte. Nein, sie hörte mich gar nicht, stand schlicht auf den Steinen und schaute hinter ihm her. Schließlich war Jerry hinter der Biegung verschwunden und nicht mehr zu sehen. Mary versuchte, ihm zu folgen, weshalb ich das Eisen dreimal aufs Neue an den Felsen ansetzen musste, nachdem ich sie jeweils wieder zurückgeschleift hatte. Ich überließ ihr das Gewehr, und sie hielt es in ihrer Unbedarftheit am Lauf fest. Mit ihrer Beherrschung war es endgültig vorbei, die Trauer und der Schrecken der vergangenen Stunden hatten ihr jedwede Vernunft genommen. Ich machte mich weiterhin an den Felsen zu schaffen, behielt sie aber im Auge. Allein gestaltete sich die Arbeit schwieriger als erwartet, da ich, statt einzelne Steine herauszubrechen, jede Menge Splitter fabrizierte. Das Riff bestand aus hartem Fels, der von schwammigen Adern durchzogen war.

Dann hörten wir Jerrys Pistole.

Sechs Mal feuerte er, und bei jedem Schuss zuckte Mary zusammen, als hätten die Kugeln ihr gegolten. Ich fragte mich, ob er sich mit der letzten schon selbst gerichtet hatte, doch da schoss er erneut. Er hatte nachgeladen, weil er möglichst viel Zeit für Mary und mich herausschinden wollte. Vier weitere Male donnerte die Waffe noch, dann herrschte Stille.

Mary sackte auf einem Felsen zusammen und ließ einen Fuß ins Wasser hängen. Ich trotzte dem Grund einen weiteren schwarzen Splitter ab und trat zurück, um mir ein Bild davon zu machen, wie breit die Lücke bereits war. Nicht breit genug. Wieder kniete ich mich auf die glitschigen Steine und versuchte, einen besonders großen Brocken auszuhebeln, er war jedoch zu schwer für mich. Wäre Jerry doch bloß geblieben, um bei der Zerstörung der Felsbrücke zu helfen! Ich konnte mich anstrengen, wie ich wollte, es bewegte sich kaum etwas.

Als ich aufblickte, waren die Ghouls bereits im Anmarsch. Langsam hinkend, kriechend, hoppelnd, schleichend, jeder auf seine Weise, aber zweifellos alle unseretwegen. Einer brachte einen abgetrennten Unterarm mit, von dem ich gar nicht wissen wollte, wem er gehört hatte. Ich bemühte noch einmal alle Kräfte, doch der Stein war einfach eine Nummer zu groß für mich, und eigentlich hätte ich ihn unmöglich hochheben können. Dann aber, millimeterweise, bewegte er sich endlich. Die Angst hatte mir ebenso Flügel verliehen, wie es bei den unmenschlich kräftigen Ghouls ob ihrer gekappten Hirnfunktionen der Fall war. Ich erhob mich mit dem Gewicht vor meiner Brust und ließ den Felsen seitlich ins Wasser fallen. Die Wellen leuchteten grün, als sie ihn aufnahmen.

Mary kreischte wieder. Der erste Ghoul hatte das Riff erreicht und hüpfte von Stein zu Stein.

Er blutete aus einer leeren Augenhöhle, während das noch intakte Auge uns fixierte. Ich ging einen Schritt rückwärts und wollte mir das Gewehr geben lassen, doch Mary war wie gelähmt, sodass sie nicht reagierte; sie nahm gar nicht wahr, dass sie den Lauf festhielt. In ihrem Schockzustand ging sie sogar einen Schritt vorwärts auf unseren Verfolger zu.

Ich brachte uns beide aus dem Gleichgewicht, als ich ihr die Waffe abnehmen wollte. Mary stolperte nach vorne, ich zurück. Der Ghoul tat einen Satz und schien über den Abgrund zu fliegen, als ich unbeholfen im Knien feuerte. Der Rückstoß ließ mich über den nassen Untergrund rutschen. Panisch ruderte ich mit den Armen durch die Luft, dann landete ich im warmen Wasser.

*

Zappelnd und japsend tauchte ich wieder auf und kraulte unbewusst ein Stück vorwärts zum Fels, besann mich dann aber und stieß mich wieder ab. Der Ghoul hatte sein Sprungziel verfehlt; die Lücke war also doch breit genug gewesen, aber nun trieb das Geschöpf im Meer. Sein blutiges Haupt ging auf und nieder, während ihm Wasser aus dem Mund trat. Aus seinem Schädel sickerte immer noch Blut. Die Pupille des heilen Auges hatte der Ghoul im intuitiven Schrecken vor der See nach innen gerichtet, und nun versuchte er, wieder ins Trockene zu gelangen.

Mary war noch immer starr vor Angst und betrachtete das Monster von oben.

„Zurück!", brüllte ich und verschluckte mich dabei.

Die Hand des Ghouls hatte den Felsen erreicht, tastete sich vor und packte Mary am Knöchel. Sie gab keinen Laut von sich, als er sie in die Tiefe zog. Die Gischt wütete um die beiden herum, während sie noch wegschwimmen wollte. Das Wesen ließ sie in seiner Manie jedoch nicht mehr los. Sechs oder sieben weitere hatten sich mittlerweile auf der anderen Seite der Bruchstelle versammelt, standen nur da und glotzten ihr Ebenbild mit der Frau im Wasser an. Ich erreichte das dem Leuchtturm zugewandte Ufer und quälte mich keuchend aus den Fluten. Die Ghouls hinter mir schauten weiter hinab. Ich tat es ihnen gleich. Das Meer dort war rot.

Marys Gesicht tauchte auf. Sie sah mich stumm an, flehentlich. Dann streckte sie sich nach mir aus. Ich wollte ihr die Hand reichen, doch sie trieb zu weit weg und befand sich schließlich näher am anderen Rand. Der Ghoul war untergegangen und hatte sie allein in den Wogen zurückgelassen. Sie strampelte nach Leibeskräften in dem Versuch, sich drüben von den Felsen abzustoßen, befand sich aber bereits in Reichweite der anderen Monster, die nach ihr schnappten.

Selbst als die Gruppe sie zu fassen bekam und hinaufzog, schwieg Mary. Ich hätte sie gewiss gerne erlöst, hatte jedoch das Gewehr verloren. Mary lag auf dem flachen Felsen und trat wie spastisch mit einem Bein aus.

Langsam, als ob sie um sie besorgt wären, nachdem sie Mary vor dem Ertrinken gerettet hatten, neigten die Ghouls sich nach vorn – zur finalen Atemspende.

Epilog

Heute früh, als ich eine Gruppe durchs Fernglas beobachtete, die unten beim Schwertfisch herumlungerte, bildete ich mir ein, ich hätte Mary unter ihnen gesehen. Ein Ghoul sah aus wie sie, aber ich schaute schnell weg, weil ich es nicht genauer wissen wollte. Mich interessiert nur noch, wie lange das hier noch dauern wird, wie viele Tage oder Wochen ich in diesem grauen Ding, das in den Himmel will und doch nasse Füße hat, noch ausharren muss.

Wahrscheinlich nicht mehr allzu lange.

Sie wirken schon nicht mehr so aggressiv und haben auch aufgehört, sich untereinander zu streiten, wenn sie sich in die Quere kommen. Ich frage mich: Flaut diese Tollheit wirklich ab, und finden sie am Ende noch zu ihrer Menschlichkeit zurück? Kann sein, dass sie bloß vor sich hindämmern und immer schwächer werden, bis sie verenden.

Ich hoffe, es war nicht wirklich Mary!

Später sah ich doch wieder nach, aber da waren sie alle fort. Nur einer lag da, regungslos. Sein Körper war aufgeplatzt und präsentierte ein langes Stück seiner Eingeweide. Eine Möwe landete auf seinem Brustkorb und pickte mit spitzem Schnabel in der ekelhaften Suppe herum. Selbst das Tier schien sich zu schütteln, als es den Kopf hob. Mir lief es kalt den Rücken hinunter, als ich an Larsens Worte zurückdachte: *Falls eine Ratte oder ein Hund sich an einer der Leichen vergehen sollte ...* Dennoch versuchte die Möwe einen weiteren Bissen; ihr gefiederter Hals hatte dabei sichtlich schwer zu schlucken.

Über den Wachbooten strahlte der Himmel herrlich blau ohne ein Wölkchen, als der Vogel endlich satt war, in Position ging und seine Schwingen ausbreitete.

Dann hob er ab.

Harald Jacobsen

DER RIPPER VON FLENSBURG

Grausame Morde in Schleswig-Holstein!

Mehrere junge Frauen werden Opfer eines brutalen Killers.

Die Soko Flensburg nimmt die Arbeit auf.

Mysteriös werden die Verbrechen, als sich Parallelen zu einem ähnlichen Fall im 19. Jahrhundert abzeichnen.

Hardcover mit Schutzumschlag
264 Seiten, 12,95 €
ISBN 978-3-89840-318-4

BLITZ

www.HAMMER-KRIMIS.de